Manfred Tiede

Der entschwundene Egbert

Manfred Tiede

1939 geboren, Diplom-Volkswirt, promovierte 1968 zum Doktor der Wirtschaftswissenschaft (Dr. rer. pol.) und habilitierte 1972 an der Universität Heidelberg. Ihm wurde die Venia legendi für das Fach Statistik zuerkannt. Nach zweijähriger Zeit als Universitätsdozent in Heidelberg wurde er zum Universitätsprofessor an die Ruhr-Universität Bochum berufen. Dort bekleidete er bis zu seiner Emeritierung im Jahre 2004 einen Lehrstuhl für mathematische und empirische Verfahren in der Sozialwissenschaft. Er lebt in Olpe-Eichhagen (Biggesee) und in Santa Maria de Llorell (Tossa de Mar, Costa Brava, Spanien).

Manfred Tiede ist seit 1962 verheiratet und hat vier Kinder. Seit seiner Emeritierung befasst er sich auch mit dem Schreiben belletristischer Texte. Einige Novellen sind im Tordenfjord-Verlag (Bremervörde) erschienen, nämlich *Hasko und Papenhagen* sowie *Privatdozent Dr. Schneekloth* (2007) und *Kruses Golfspiel* (2009). Im Machtwortverlag (Dessau) folgte 2011 die Erzählung *Der Schattenspringer.* Im AAVAA-Verlag (Berlin) erschienen der Roman *Ein katalanischer Gauner* (2013) sowie die Novellensammlung *Vor Sonnenuntergang* (2014).

Manfred Tiede

Der entschwundene Egbert

Erzählung

Bibliographische Information der Deutschen Nationalbibliothek: Die Deutsche Nationalbibliothek verzeichnet diese Publikation in der Deutschen Nationalbibliografie; detaillierte bibliographische Daten sind im Internet über dnb.dnb.de abrufbar.

Herstellung und Verlag: BoD – Books on Demand, Norderstedt

ISBN: 9783751999724

Da war ein morgendlicher Gast an einem Ecktisch im Café

Da war ein morgendlicher Gast an einem Ecktisch im Café der Vorstadt, weit von hier. Auf ihn schien bereits die wärmende Frühlingssonne. Frischer Kaffee und ein Stück Erdbeertorte mit Sahne waren auf dem leicht im Winde wehenden rotweißen Tischtuch serviert.

Hermann, so hieß der Gast, war heute allein ins Café gegangen, weil seine Hermine zu Hause im Zusammenhang mit dem jährlichen Frühjahrsputz noch zu tun hatte und ihn dort nicht gebrauchen konnte. Er stehe ihr nur im Wege.

Vielleicht, so sinnierte er, matt und frühlingsmüde wie er war, sollte er in einer Zeitung blättern und beim Gleiten durch die Spalten etwas rauchen – mit der Zigarette in der Linken Kreise ziehen wie auch gedanklich, die linde Luft einziehen und wieder hergeben, sich schwer nach hinten lehnen und das Leichte eines beginnenden Schlummers genießen?

Vielleicht. Er saß bequem in einem Korbsessel, nahm vom Kaffee und Kuchen und schaute in die Runde. Gäste des Cafés orderten – dem Kalenderstand gemäß – die Frucht für den Tortenboden: Erdbeeren, Rhabarber oder unterjährige Himbeeren in Gelee. Auch entnahmen sie dem ausliegenden Blättchen die neuesten vermischten Informationen: Allerorten keime das Grüne und Gelbe, stand dort zu lesen – Kirschblüten zumal, die frühen – zart duftend und schmückend die Gründe. Die Vögel trügen den Sonnenschein auf ihren Schwingen und wie geschaffen sei auch für Wanderer die Zeit, sich auf den Weg zu machen hin zu den atmenden Hügeln und Tälern mit ihren Obstbäumen und bestellten Böden.

Hermann spezifizierte später das Begrünen der Natur und das Aufbrechen der Knospen an den Obstbäumen gut gelaunt mit einer eigenen Wortschöpfung, indem er erzählte, die Bäume dort draußen würden „knospeln". Wie auch immer.

Gleich heute am Nachmittag, so dachte Hermann bei sich, *geh ich ein Stück in die Natur, hin zu den Bergen und Bächen, zusammen mit Egbert, meinem neuen Freund.*

Frohgemut griff er nun in seine Tasche und zog einen kleinen Spiegel hervor. Hiermit fing er Sonnenstrahlen ein und warf sie keck gegen Tische, Gäste des Cafès und Kuchen.

6

Nach geeigneter Drehung des Spiegels blickte er sich selbst in die Augen und begann, ein kleines Selbstgespräch zu führen: *Das Gesicht, das mir entgegen schaut, hat jene leichte Härte, die häufig auftritt, wenn fünfzig-sechzig Jahre vorübergezogen sind.*

Nach weiteren prüfenden Blicken stellte er fest: *Die Stirn ist breiter als hoch, was nichts bedeuten mag. Aber die Längsfalten sind doch bereits verhältnismäßig tief eingekerbt. So hat die ganze Schwarte etwas Müdes und Schwerlastiges. Hermine hatte hierauf in ihrer fürsorglichen und direkten Art unlängst bereits hingewiesen.*

Ein Sperling, nein: drei Spatzen hüpften auf die Lehne des freien Stuhls neben Hermann und interessierten sich frei heraus für einige Kuchenkrümel, die auf seinem Kuchenteller lagen. Hermann sah dem Treiben vergnüglich und gelassen zu und erwartete einen Angriff auf die verlockenden Krümel. Doch von Seiten der Spatzen, der vorsichtigen, tat sich nichts, außer dass sie piepsten. Der Wind strich hierzu leise durch die frischen Blätter des Lindenbaumes, eines gewaltigen alten Baumes, der hoch über dem Café wuchtete.

Es war Zeit zu gehen, wollte er noch mit seinem Freund Egbert eine Wanderung unternehmen. Hermann trank aus, griff in seine Hosentasche, fand Münzen und legte Hartgeld neben die Tasse. Sodann schritt er von dannen. Lang wehte sein weißer Staubmantel. Gegen das Licht gesehen, ein Scherenschnitt, zum Einfangen und in die Schachtel legen.

Zu Hause ward er noch nicht gut gelitten; denn seine Frau Hermine war mit dem Frühjahrsputz noch in den Gängen. Deshalb machte sich Hermann, nachdem er seinen neuen Freund abgeholt hatte, auf den Weg hin in die erwachende Natur.

Die Morgenstunden waren vergangen und bald lastete ein schon fast zu warmer Frühlingsmittag auf den Schultern der zwei Wandersleute. Hermann zündete sich eine Zigarette an, die wohl letzte des Tages – er war in einer Phase, sich das Rauchen endgültig abzugewöhnen – und sprach zu seiner Begleitung, besagtem Egbert. Dieser machte einen drahtigen Eindruck, ging federnd voran und war guter Laune. Er war ungefähr in Hermanns Alter, das knapp jenseits der Pensionsgrenze lag.

„Rauchen ist für nichts gut", sprach Hermann, „und auf nüchternen Magen schon gar nicht, mein lieber Egbert. Ich habe deshalb vorher noch rasch ein Marzipanschweinchen gegessen." Nun, gut. Egbert ging hierauf nicht ein und wanderte schielenden Auges munter voran. Der Silberblick war einer von Egberts Schwächen. In seinem Silberblick lag aber zugleich auch eine gewisse Stärke, weil er ihm ein charakteristisches Aussehen verlieh.

Hermann und Egbert befanden sich um die Mittagszeit außerhalb der Ortschaft. Sie schritten bergan und gingen an und für sich zu schnell, um bei ihrem flotten Tempo ohne Pause den Berg an oberster Kuppe erreichen zu können. Sie werden irgendwo am Hang verschnaufen müssen, auch wenn man in Rechnung stellt, dass beide einen sportlichen Eindruck machten. Nicht dass sie an den Beinen etwa durchtrainierte Muskeln hatten, das nicht. Ihre Beine zeigten glatte längliche Muskeln, die beim hellen Sonnenlicht einen leicht gelblichen Stich hatten. Bei näherem Hinsehen war jedoch zu erkennen, dass Egbert im Unterschied zu Hermann praktisch wadenlos daher kam, mit Unterschenkeln also, von denen kein nennenswerter Hub für die Fersen und Fußballen ausgehen dürfte. Gleichwohl schritt Egbert drahtig voran.

Beim Bergan-Gehen drückten die zwei die Knie ganz durch, was ihnen einen etwas ulkig anmutenden Schaukelgang einbrachte. Hermanns Daumen waren in den Taschen seiner Hose verhakt. Letztere wiederum hingen an Hosenträgern, die ins Nylonhemd einschnitten. Das weiße Hemd war an den beidenÄrmeln aufgekrempelt und zeigte zwei Büroarme – was die Farbe betrifft und zum Teil auch den Umfang des geaderten Bizeps. Büroarme waren auf den ersten flüchtigen Blick auch Merkmale von Egbert. Im Unterschied zu Hermanns Armen waren die von Egbert jedoch mit hellen Härchen bedeckt.

Jetzt war der vermutete Zeitpunkt gekommen: an einem Felsen verhielten sie mit leicht zitternden Knien und wischten sich im Wechsel fahrig und kreuzweise über die Stirn – nicht müde oder abgekämpft, nur fahrig und luftschöpfend. Nach kurzem, eher flüchtigen Rundblick auf das Panorama der schneebedeckten Berggriesen setzten sie sich. Man spürte deutlich, dass sich Hermann verkneifen musste, eine Zigarette zu entzünden. Mochte es daran liegen, dass er wahllos etwas Berggras zupfte und zwischen Daumen und Hand zerrieb, mochte es daran liegen, dass er Steinchen auflas und fortwarf.

Doch es kam anders: Hermann griff in seine Hosentasche und zog einen kleinen Spiegel hervor, den wir im Gegensatz zu Egbert bereits kennen. Damit fing er Sonnenstrahlen ein und warf sie munter gegen Felsen, Holz und Wege.

„Dieses Geblinke, mein lieber Egbert", sprach Hermann zu seiner sich wundernden Begleitung, „erzeuge ich gern nach einem zu Fuß bewältigten Weg, weil es entspannt und Du manchmal unerwartete Dinge zum Leuchten bringst. Du darfst es auch gleich einmal versuchen."

Egbert wandte sich nun Hermann zu, wobei eine sperrige blonde Haarsträhne am Hinterkopf hinter dem Wirbel wie eine Feder nach oben ragte, was auch dem Wind geschuldet war, der böig auf kam. „Du überraschst mich, Hermann", sprach er. „Wenn Du Dich entspannen möchtest, so leg Dich doch ins Moos und schließe die Augen. Wozu brauchst Du da einen Spiegel? Das Geblinke mit diesem kleinen Spiegel ist grundlos, soweit ich sehe." Sprach's und lächelte mit seinem Silberblick zufrieden in Richtung der Bergriesen.

„Wie Du meinst", seufzte Hermann, „Du hast übrigens, wenn ich mir die Bemerkung erlauben darf, hinten an Deinem Kopf eine nach oben ragende Haarsträhne, sozusagen eine Indianerfeder, die Du nach unten bügeln solltest. Hierfür könntest Du Spucke verwenden, weil es hier ja weit und breit keine Haarpomade gibt.

Doch das ist nicht mein Punkt. Ich möchte Dir einen kurzen Text vorlesen, den ich heute morgen zwischen alten Sachen fand. Später möchte ich um Deine Meinung hierzu bitten. Hör mal, was hier auf dem Zettel steht:

> Am oberen Philosophenweg schlendern wir
> und unten dämmert das Neckartal.
> Warme Luft vom Tag umfächelt uns zwei
> und die Fliegen gehen schlafen.
> Und dann schimmert
> es am grauen Rund
> des Berges dort
> drüben.
>
> Und ich sage:
> das ist wohl eine Laterne,

sage ich.
Sie wettet dagegen
und darf sich etwas
wünschen, wenn ...
ach ja, es ist
der Mond.

Um Dir die Erfassung zu erleichtern, lieber Egbert, sollte ich vielleicht erwähnen, dass sich die Zeilen auf eine Begebenheit stützen, die sich vor vielen Jahren während meiner Studentenzeit ereignete. Ich war damals bereits mit meiner Hermine zusammen. Wir spazierten am späten Abend auf dem Philosophenweg und sahen, wie hinter einem Berg der Mond aufging."

„Den Du zunächst mit einer Laterne verwechselt hast, nicht wahr", lächelte Egbert. „Gewettet hast Du auch noch – und verloren. Du warst damals wohl kein sehr romantischer junger Mensch. Mit einer jungen Dame im Mondschein lustwandeln und dann auf die Idee kommen zu wetten! Na hör mal!"

„Wir waren eben allumfassender, extensiver als die meisten, die Hermine und ich. Wir konnten sehr wohl miterleben, was Romantik am Abend im Badischen auszeichnet – und zugleich verloren wir nicht aus den Augen, dass jeder wohlige Abend vergehen und einem Morgen Platz machen wird, der das Tagesgeschäft eröffnet. Und das tägliche Einerlei geht doch wohl um so leichter von der

12

Hand, je praller der Hosensack mit Münzen gefüllt ist – daher die Wette, wenn auch zur Unzeit, zugegeben. Verloren habe ich die Wette und dies mit Absicht, das ist wahr. Dafür hatte Hermine aber für den nächsten Tag einige Münzen mehr zur Verfügung."

„Dann hast Du im Mondlicht mit der bewusst fehlerhaften Bemerkung, es sei eine Laterne, die da hinter dem Berge schimmert, wohl etwas Kleingeld in Ihre Börse geschoben, damit sie nicht bemerkt, dass Du sie etwas unterstützest", warf Egbert ein. „Getrennte Kassen hattet ihr damals also. Und ich glaube mich zu erinnern, dass Du vor einiger Zeit mal über eine von Anfang an sehr innige und enge Beziehung mit Deiner Hermine geschwärmt hast. Beim Geldbeutel trennten sich dann wohl die Turteltauben, wie?"

„Das wollte sie so, mein lieber Egbert. Sie wollte auf keinen Fall von meinen Möglichkeiten profitieren. Lieber ging sie zum einfachen Essen in die Mensa und jobbte mit Hilfe der studentischen Arbeitsvermittlung, wann immer dies möglich war."

„Und Deine prächtige Beziehung hat überdauert? Wie ist das nur möglich in unserer Zeit, die nach Abwechslung und ständigem Neubeginn ruft!"

„Das, mein lieber Egbert, weiß ich im Grunde auch nicht so genau. Nun, es ist eine Tatsache, mit der ich aber gut lebe. Bei Dir war es anders?"

Hermanns Antlitz leuchtete in unverhohlener Neugierde auf. Er wandte sich in voller Breite seinem Gesprächspartner zu, wobei sein Antlitz dem von Egbert sehr nahe kam, so nahe, dass dieser bei Hermann einzelne Poren entdecken konnte und deshalb vorsichtig nach hinten auswich.

Wie bei vielen anderen Gelegenheiten verhielt sich Egbert auffallend bedeckt, wenn es um seine Vergangenheit ging. Er verbreitete dann fast immer Belanglosigkeiten. So auch jetzt:

„Lieber Hermann, nicht jeder hat so viel Glück wie Du es ersichtlich mit Deiner Hermine hast. Hinterfrage nicht zu viel; besser kann es nicht werden." Geschickt hatte er sich bei seiner Einlassung von dem zu nahen Antlitz des Hermann gelöst.

Golf im Andalusien-Urlaub

Hermann und Egbert kannten sich noch nicht sehr lange. Sie hatten jedoch aneinander Gefallen gefunden und innerhalb weniger Monate behutsam eine frische Freundschaft aufgebaut. Sie unternahmen gemeinsam verschiedenartige Dinge. So wanderten sie gern, wie sie es heute taten, spielten zusammen Golf oder pflegten in einem gemütlichen Lokal dem Müßiggang.

Sie gingen auch schon mal gemeinsam in einen Urlaub, dann selbstverständlich zusammen mit ihren Lebenspartnerinnen. Im Falle von Hermann war es die bereits erwähnte Gattin Hermine, im Falle von Egbert die schöne Witwe Lydia. Sie war eine Freundin von Hermine; über sie wird noch zu reden sein. Einer dieser Urlaube – mit, das sei bereits jetzt angemerkt, fatalem Ausgang – fand im südlichen Spanien statt, in Andalusien, auf der Atlantikseite kurz vor Portugal.

Die Wellen des Atlantiks brandeten an den Sandstrand, vor den Dünen lang und schaumig auslaufend. Der Seewind trieb frische Salzluft ins flache Land, kühlend für die heiße Haut und erfrischend für den Kopf. Hinter den flachen Dünen standen Büsche und einzelne Fächerpalmen, die den Golfplatz zur Seeseite hin begrenzten. Auch alte Pinien reckten sich seitlich der grünen Fairways in die klare Luft und verdarben unter ihren mächtigen Kronen den Boden für andere Pflanzen; denn die Piniennadeln bildeten dichte staubtrockene Matten, so dass keine andere Pflanze dort siedeln mochte, nicht einmal Kakteen. Nur giftige Prozessionsraupen versammelten sich dort zuweilen, hakten sich unternehmungslustig unter und bildeten lange Ketten.

Unweit hiervon schoben Hermann und Egbert ihre teuren Golftrolleys vor sich her und redeten miteinander. Besser gesagt: sie fochten verbale Attacken aus, zankten sich mithin auf hohem Niveau. Hören wir mal in ihre Dispute hinein:

„Ich hätte Dir sagen können, dass Dein Golfschlag nichts wird, mein Lieber", sagte Egbert soeben keck zu Hermann und warf ihm einen Silberblick zu.

Man beachte, hier geschah soeben etwas Außergewöhnliches: Vor der malerischen Kulisse des Atlantiks mit seinen sich sehenswert überschlagenden Wellen und dem rauschenden Wind in der klaren Luft sagte Egbert zu Hermann etwas, das nicht mit der atemberaubenden Umgebung harmonierte, dass nämlich dessen soeben ausgeführter Golfschlag nichts tauge; der Schlag sei daneben gegangen, er hätte es ihm schon vorher sagen können. Und er fügte noch mit spöttischem Lächeln hinzu: *mein*

Lieber! Nun, *mein Lieber* sagte er des öfteren. Nur dieses *mein Lieber* war im vorliegenden Zusammenhang überheblich. Und dann schoss er noch einen seiner Silberblicke hinterher!

Eine derartige provokante Auslassung war für Hermann nur schwer zu ertragen; denn er hatte heute einen seiner mäßigeren Golftage mit einigen ärgerlichen Fehlschlägen und wünschte eigentlich nicht, über seine golfmäßigen Fertigkeiten zu debattieren.

Passend dazu watschelten zwei Wildenten über den kurz geschnittenen Rasen und machten *quaak-quaak-quack,* was sich anhörte, wie wenn sie sich über Hermann lustig machen würden. Dabei wirkte Hermann insgesamt seriös, zumal er volles mittelblondes Haar trug. Und auch Egbert sah nicht zum Lachen aus, obwohl er etwas von einem ungebügelter Mittfünfziger hatte mit seinem ausgedünnten blonden Schopf und seiner charakteristischen steil noch oben ragenden Haarsträhne unweit des hinteren Wirbels am Kopfe. Der Silberblick übrigens, erzeugt durch ein schielendes Auge, sorgte in Gesellschaft nicht selten für klammheimliche Fröhlichkeit. Aber doch ja wohl nicht bei den Enten!

Ich hätte Dir sagen können, dass Dein Golfschlag nichts wird, mein Lieber, hatte Egbert zu Hermann gesagt. Egbert brachte hiermit zwei Dinge zum Ausdruck. Er sagte, dass erstens Hermanns Golfschlag von minderer Qualität

17

war und dass zweitens er ihm dies sogar hätte vorhersagen können.

Hierzu wäre grundsätzlich zu bemerken: Auf einem Golfplatz geht es gewöhnlich recht gesittet zu. Wenn auf der Anlage eines gepflegten Golfclubs jemand der Ansicht ist, ein anderer Spieler habe einen schlechten Schlag ausgeführt, so gehört zum guten Benehmen, dass man eine solche Ansicht für sich behält und nicht lauthals zum besten gibt. Allenfalls könnte jemand, der den Mund nicht halten kann, in gesitteter Art und Weise sein Bedauern über die missratene Aktion zum Ausdruck zu bringen.

Egbert hätte angeblich sogar vorhersagen können, dass Hermanns Schlag nichts wird. Nur gut, dass Egbert diesbezüglich stumm geblieben ist; denn hätte er seinem Partner ungebeten Ratschläge für ein besseres Golfspiel zum besten gegeben, so hätte er grob gegen ein im Golfsport bestehende Verbot verstoßen, das besagt, dass niemand ungefragt einen Mitspieler belehren darf.

Das wusste natürlich auch Egbert. Seine unfreundliche Einlassung *Ich hätte Dir sagen können, dass Dein Golfschlag nichts wird, mein Lieber* könnte dazu führen, dass die beschwingte Golfpartie mit Hermann zu verderben begann, was er jedoch im Grunde gar nicht beabsichtigte. Deshalb bemühte er sich alsbald, seiner Bemerkung das Herablassende zu nehmen, indem er liebenswürdig hinzufügte – dabei jedoch eklatant gegen das Belehrungsverbot

18

verstieß: „Wenn Du ganz normal schlägst, also ohne viel Getue vor und während des Schlages, misslingt Dir kaum mal etwas. Wenn Du aber zu viel willst, dabei etliche Male zur Probe den Schwung versuchst, die Zähne feste aufeinander schlägst, im Bein wackelst und dergleichen mehr, dann verkrampfst Du und Du schlägst nicht mehr locker durch den Ball. Dann geht der Schlag schon mal daneben, gelt?" *Quaak-quaak-quack* machten die Enten und Hermann blickte böse. Ihm hatte es fast die Sprache verschlagen.

„Du schlauer Mann", ergriff nun Hermann das Wort, „Du hast wohl übersehen, dass Golf ein Kopfsport ist, dass also das Wackeln im Bein und das Knirschen der Zähne nicht der wahre Grund für einen verkorksten Golfschlag sind. Der Kopf ist es, mein Lieber, der zum Wackelbein und dergleichen führt. Er ist es im Grunde, der den Ball verzieht." Und zufrieden schaute Hermann an Egbert vorbei.

Auf diese Art und Weise absolvierten die zwei ihre Golfrunde und machten sich mit ihren Belehrungen und Sticheleien gegenseitig das Leben schwerer als nötig. „Weißt Du, Hermann", lächelte Egbert gegen Ende der Partie freundlich, „manchmal glaube ich, dass Dein Kopf Dein stärkster Muskel ist!"

Zwei Grazien im Hotel

Egbert und Hermann befanden sich also zusammen mit Ihren Ehefrauen auf einer Urlaubsreise in Andalusien. Dort nutzten Egbert und Hermann im Gegensatz zu ihren besseren Hälften nahezu die gesamte Zeit für das Golfspiel. Die Ehefrauen hingegen verbrachten den Tag allein für sich, indem Sie die Annehmlichkeiten des Fünf-Sterne-Hotels in vollen Zügen genossen. Hierbei galt es auch, unterschiedliche individuelle Interessen in Einklang zu bringen.

Hermine beispielsweise, Hermanns Ehefrau, war eine dralle Blondine im Alter von gut sechzig Jahren. Ihr Hauptinteresse galt in diesen Tagen nicht zuletzt Ihrer Figur, die Ihr etwas aus dem Ruder gelaufen war. Man könnte uncharmant sagen: Sie ist einfach zu fett. Wenn Sie aus dem Pool klettert, so sagte ihr Gatte Hermann jüngst heiter, könnte man denken, ein Kugelfisch krieche aus dem Wasser. Und ihr Kopf, mit Verlaub, sieht aus wie ein Apfel. Das allerdings hielt Hermann des Ehefriedens wegen wohlweislich für sich. "Der Winterspeck muss weg", kündigte kürzlich Hermine an. Und Hermann ergänzte fröhlich: "Klar, Liebling, er muss Platz machen für die Frühlingsrollen."

Die Garderobe wollte unter diesen Umständen umsichtig gewählt sein, damit Hermine nicht ausschaute wie eine Presswurst. Diesen uncharmanten Vergleich verwendete zuweilen munter ihre gute Freundin Lydia. Also insbesondere weit geschnittene Sachen waren derzeit angesagt. All dies hatte ihr jedoch nicht die Laune verderben können; stets war sie lustig und fidel. Im Inneren sah sie dabei streng auf sich herab und zählte unerbittlich an jedem Tag und zu jeder Stunde die Kalorien, die sie an einem Tag bereits zu sich genommen hatte und berechnete jene, die sie noch nehmen durfte. Zudem war sie überzeugte Nichtraucherin, was – man möchte sagen: ungerechterweise – leider bedeutete, dass auch von dieser Seite keine Entlastung für das Körpergewicht zu erwarten war.

Sie wurde bei Ihrem Bemühen, die Sache mit der Figur in den Griff zu bekommen, von Ihrer Freundin Lydia, der schönen Witwe und derzeitigen Lebenspartnerin von Egbert, nach Kräften unterstützt. Gelegentlich jedoch gab Lydia zu bedenken – insbesondere dann, wenn Hermines Magen vernehmlich zu knurren begann – man dürfe nicht hungern, das sei ungesund und schade dem Herzen, so dass man sozusagen aus übergeordnetem Interesse dem Magen stets etwas anbieten sollte. Hierüber denke man, wie man wolle.

Lydia war fast ein Gegenstück zu Hermine. War die eine blond und drall, so kam Lydia brünett und schlank daher.

War Hermine stets lustig und bester Laune, schien Lydia sporadisch von einer hartnäckigen Migräne geplagt zu sein. Auch wohl deshalb ging sie zuweilen leicht vornüber gebeugt und schnitt ein Gesicht. Dabei war Lydia hübsch, mit ihrer straffen und teils ausgeformten Figur sogar etwas sexy. In der Öffentlichkeit rauchte Lydia mit Rücksicht auf ihren Freund Egbert nur selten, jedoch um so heftiger allein im trauten Heim oder hier im Urlaub auf dem Zimmer. Gemeinsam mit Hermine hatte sie nur das Alter: Auch sie stellte eine gut aussehende und nur leicht verblühte Dame Mitte sechzig vor.

Nun, wir sagten bereits: Es galt in dem großartigen Hotel auch, unterschiedliche persönliche Interessen der zwei Grazien in Einklang zu bringen. Hermine hatte es eher auf Schwimmen, Joggen und Radfahren abgesehen, um einige Gramm der überflüssigen Pfunde los zu werden. Lydia hingegen schätzte ein vertieftes Gespräch im Schatten beispielsweise einer Platane unter Begleitung eines geistigen Getränks und nicht zu lauter Wellnessmusik. Auch spielte sie gern Schach und genoss hierbei nicht selten einen wohlduftenden Zigarillo.

Beide Frauen waren nicht zänkisch veranlagt und nicht von jener Sorte, die nur ihr eigenes Interesse durchsetzen möchten. Sie waren stets aufgeschlossen für eine gemeinsam tragfähige Lösung. Beispielsweise hatten sie für den heutigen Tag vereinbart: Am Morgen machen wir eine Radtour – das ist im Sinne von Hermine – und nachmittags spielen wir im Anschluss an eine Lesestunde eine kleine Partie Schach – hier zeigt sich der Einfluss von Lydia. Dabei gilt striktes Ess-und Rauchverbot und kein Cocktail wird nebenher geordert.

Gerade spielten die zwei Grazien ihre Schachpartie, und wir schauen ihnen mal kurz über die Schultern, die angesichts des warmen Seewindes leicht entblößten. Hermine drohte gerade mit nach unserem Geschmack etwas zu lauter Stimme: „Garde la Dame!"

Woraufhin Lydia nach kurzer Pause des Bedenkens nörgelte: „Gemach, gemach, meine Liebe. So schnell schießen die Preußen nicht. Gleich werden wir sehen, dass sich meine Dame zu wehren weiß und Deinen durchschaubaren Angriff ins Leere laufen lassen wird, dideldumdei."

„Haha, das dachte kürzlich auch Hermann, bevor ich ihm mit einer kühnen Attacke den Allerwertesten versohlt habe", kicherte Hermine und guckte fröhlich in Lydias verschlossene Mine.

Diese bewegte eine Figur, wir bemerken: einen Turm, und fragte mit unsicherem Triumph in der Stimme: "Und was sagst Du jetzt?"

Hermine lehnte sich in ihren Korbsessel zurück und lachte hell und herzlich, die rote Zunge durch den linken

Mundwinkel ziehend: „Reingefallen! So ist es recht. Gleich ist sie weg, die Dame. Und dann ist alles vorbei! War wohl nichts, das Mit-dem-ins-Leere-Laufen-Lassen!"

Lydia versenkte sich abschließend in das Muster der Figuren und sagte: „Nun komm man wieder runter, Hermine. Gut, verloren habe ich, zugegeben. So berückend war die Partie übrigens gar nicht. Mir hat nicht gefallen, dass meine kleine Unachtsamkeit von vorhin, als ich den Springer unnötig zurückgezogen habe, von Dir unfreundlich, ja: dreist, ausgenutzt wurde. Im Grunde hast Du nur von einem kleinen dummen Fehler von mir profitiert und ansonsten nichts sehenswert Eigenständiges geleistet."

Hermine lachte fröhlich: „Eigentlich sollte ich mich also schämen, dass ich gewonnen habe?"

Und so setzte sich das der Schachpartie folgende Wortgeplänkel noch eine Zeitlang fort. Ernsthaft zankten die zwei Grazien nicht. Ihnen gefiel jedoch, dem Gegenüber den einen oder anderen zarten Stich zu verpassen. Und das nicht in grober Art und Weise, sondern ausgeführt mit elegantem verbalen Florett.

Hermines Blick schweifte in Richtung des Eingangsbereiches des Hotels. Dort erkannte sie Hermann und Egbert, wie diese lässig in Richtung der Bar schlenderten, die Golftrolleys – die rollenden Rucksäcke für die Golf-

24

schläger – hinter sich her ziehend. Nun, bei genauerem Hinsehen kann festgestellt werden: Sie wirkten vom Sport ermüdet. Und dass sie schlenderten, stimmt eigentlich auch nicht. Eher schlurften sie, wird man sagen dürfen, weil sie bei jedem Schritt mit der Spitze des Schuhs, hier: der Sandale, schabend die jeweils überschrittene Bodenplatte berührten.

Hermine winkte, weil sie ihre Männer auf sich aufmerksam machen möchte, dass diese nicht unnötig in die falsche Richtung laufen mögen. Auch Lydia winkte. Und wie erwartet werden kann, erkannten Hermann und Egbert die zwei Grazien und steuerten alsbald auf diese zu.

„Na", fragte Hermine, „war's schön? Habt Ihr gut gegolft? Oder möchtet Ihr hierüber lieber nicht sprechen?"

„Eigentlich nicht", ließ sich Hermann vernehmen und begrüßte seine bessere Hälfte mit einem höflichen Willkommensküsschen. Auch Egbert bemühte sich diesbezüglich bei Lydia. „Wir haben schön Golf gespielt, wobei mir Egbert in seiner zuvorkommenden Art erklärt hat, dass mein Wackeln im Bein verantwortlich dafür ist, dass ich zuweilen einen Golfschlag verziehe. Und hierüber haben wir gestritten. Stimmt's?"

Doch Egbert ging hierauf nicht ein. Er wirkte abwesend; sein Blick schweifte unstet über die zahlreichen Hotelgäste. Das Antlitz war bleich, fast wächsern – untypisch für ihn, den hageren Typ – und die hohe Stirn war feucht. Sein ausgelichtet wirkendes blondes Haar sowie insbesondere das typische nach oben weisende Haarbüschel unweit des hinteren Haarwirbels leuchteten in der Abendsonne auf, die noch kurz auch in die Hotellobby hinein schien.

„Ist Dir nicht gut?" fragte Lydia besorgt, um sich – ohne die Antwort abzuwarten – sogleich wieder anderen Dingen zuzuwenden. Sie räumte die Schachfiguren in den Kasten, nicht ohne Hermine hierbei spöttisch anzulächelnd, sie hierdurch daran erinnernd, dass sie, Lydia zwar unterlegen war, dass dies jedoch bereits in Vergessenheit geriet, so dass das angenehme Gefühl, Siegerin zu sein, bei Hermine bald abklingen werde.

Egbert tat nun etwas, worüber Hermann, Hermine und Lydia später noch nachdenken werden: Egbert stellte seinen Golftrolley ab und setzte sich im Gegensatz zu Hermann nicht in einen der bereitstehenden Korbsessel. Egbert blieb aufrecht stehen, schaute mit ernstem Blick in Richtung des Hoteleingangs und sagte: „Einen Augenblick, ich bin gleich zurück."

Dann strebte er mit langen Schritten in Richtung des Hoteleinganges. Dort entschwand er den Blicken der drei, die ihm nur flüchtig nachschauten und einem Getränk zusprachen. Er kommt ja gleich wieder, der Egbert. So hatte er jedenfalls gesagt.

Doch was noch niemand wissen konnte: Egbert kam nicht gleich zurück. Er blieb fort. Und tauchte nicht wieder auf.

Beginn der Suche nach dem verschwunde- nen Egbert

Lydia war beunruhigt und etwas ungehalten: „Wo bleibt Egbert nur! Lässt uns hier einfach sitzen und geht irgendwo hin. Der soll nur kommen." Bei letzterer Einlassung wedelte sie mit der Rechten und Linken vor den Köpfen der zwei anderen, schelmisch Ohrfeigen andeutend, die für Egbert gedacht waren.

„Mit Dir möchte ich nicht verheiratet sein", lächelte Hermann und zwinkerte einverständlich seiner Hermine zu. „Bei Dir setzt es gleich Maulschellen, wenn man mal kurz weg ist. Hermine würde die Ruhe meiner Abwesenheit genießen und sich zugleich freuen auf das baldige Wiedersehen, gelt."

Hermine nickte zustimmend, wobei sich ihr Wabbelkinn gemütlich hin und her bewegte.

Doch Lydia mochte sich mit derlei Beschwichtigungen nicht abzufinden. Sie stand auf und ging fort in Richtung des Eingangsbereiches des Hotels. Dort blickte sie den Gästen zu, die eintraten oder außerhalb des Hotels noch einen kleinen Spaziergang machen möchten. Sie blickte in die Schar sich bewegender Menschen und suchte nach Egbert. Doch sie fand ihn nicht. Beunruhigt war Lydia nicht. Warum auch? Egbert wird kurz irgendwohin gegangen sein und bald wieder zurückkommen. Und wenn nicht? Zum ersten Mal und nur kurz breitete sich in Lydia ein Gefühl der Furcht vor etwas Fremdem aus, das nicht ihrer Kontrolle unterlag.

Sie ging zurück zu Hermine und Hermann und setzte sich wieder zu ihnen. „Wird schon wiederkommen", murmelte sie. Hermine legte ihre Hand auf Lydias Unterarm, den linken, und versuchte zu beruhigen: „So ist er eben, der Egbert. Geht einfach weg, ohne was zu sagen. Heute Abend beim Essen wird er sich erklären. Bis dahin sollten wir noch etwas ruhen."

„Vielleicht ist er ja auch schon aufs Zimmer gegangen", warf Hermann ein.

„Und seine Golfsachen?" gab Lydia zu bedenken. „Die lässt er doch nicht einfach hier stehen!"

„Wenn Du wüsstest, was ich überall schon habe stehen oder liegen lassen!", lachte da Hermann. „Gerade gestern habe ich Hermine im Caféhaus vergessen und einfach allein sitzen lassen! Und die unterscheidet sich doch wesentlich von Golfsachen, die man schon mal aus dem Blickfeld verlieren kann. Ich denke, Egbert wird nicht an seine Sachen gedacht haben und nach seinem kurzen

Ausflug längst im Fernsehen die Sportnachrichten anschauen."

Doch all dies war falsch. Egbert war nicht auf dem Zimmer und schaute nicht die Sportnachrichten an, wie Lydia rasch feststellte.

Eine Stunde verging und Lydia klopfte an die Zimmertür von Hermine und Hermann und flüsterte: „Macht bitte auf, Egbert ist immer noch nicht zurück."

Die Tür wurde rasch geöffnet und Lydia sank in Hermines Arme. Hermann stand unschlüssig im Zimmer, leicht nach vorn gebeugt. Er wirkte wie jemand, der darauf wartet, dass man ihm auftragen würde, diese oder jene Aktivität zu ergreifen.

„Wo kann er denn nur sein", murmelte Hermine und wiegte Lydia in ihren Armen.

„Wir sollten bei der Rezeption nachfragen, vielleicht sogar die Polizei informieren oder im Krankenhaus anrufen", gab Hermann zu bedenken. Eine steile Falte bildete sich sogleich zwischen seinen Brauen. Entschlossen ging er an den zwei Frauen vorbei: „Ich sehe mich mal unten um."

Mit raumgreifenden Schritten stürmte er durch den Flur, eilte am Aufzug vorbei und nahm das Treppenhaus, um rascher nach unten zur Rezeption zu gelangen. Dort sprach er unverzüglich mit dem diensthabenden Hotelangestellten.

Hermann beschrieb Egbert und fragte, ob dieser vielleicht gesehen worden sei oder ob er eine Nachricht hinterlassen habe. Der Angestellte eilte mit geneigtem Kopf beflissen nach hinten und kam sogleich – mit noch geneigtem Haupt – zurück und antwortete, dass keine Nachricht vorliege und er im übrigen den Herrn, wie hieß er doch gleich, Egbert, nicht gesehen habe. Am besten warte man noch etwas zu, es sei ja noch nicht spät, noch nicht einmal Essenszeit, nicht wahr.

Hermann stellte also fest, dass er bei der Suche nach Egbert unter Zuhilfenahme der Rezeption nicht weiter kommen würde. Sollte er jetzt bereits die Polizei einschalten und zum Beispiel eine Suchaktion veranlassen? Das erschien ihm dann doch als verfrüht. Vielleicht sollte er zunächst in Erfahrung bringen, ob im Krankenhaus oder bei einem Arzt in der Nähe jemand aufgetaucht ist, auf den die Beschreibung von Egbert zutrifft? Letzteres erschien ihm vernünftig zu sein, so dass er sich noch einmal an die Rezeption wandte mit der Bitte, dass für ihn einige entsprechende Telefonate geführt werden.

Der Angestellte des Hotels begann – mit nun anders herum geneigtem Kopfe – einige Telefonate. Dabei ging es, wie Hermann leicht verärgert bemerkte, nicht nur um den gesuchten Egbert, sondern es wurden bei dieser Gelegenheit auch persönliche Dinge ausgetauscht. Und sogar Witzworte wurden gewechselt, wenn der Angestellte des Hotels mit einem Gesprächspartner persönlich bekannt war. Doch von Egbert oder jemandem, der ihm glich, konnte keine Spur gefunden werden. „Leider", bemerkte der Angestellte und richtete seinen Kopf abschließend und zuvorkommend wieder in die Senkrechte.

Hermann schaute nervös auf seine Armbanduhr und stellte fest, dass es bereits nach 21 Uhr war. Die Essenszeit im Hotel hatte also schon begonnen und von Egbert, beim Essen gewöhnlich einer der Ersten am Tisch, war nichts zu sehen. Unverrichteter Dinge kehrte Hermann zu Hermine und Lydia zurück.

„Wir brauchen jetzt einen Plan", äußerte er dort und nagte an der Unterlippe. Dann ergriff er die Initiative und stellte fest: „Zunächst warten wir noch einmal ab. Es wird einen besonderen Grund für Egberts Verhalten geben und alles könnte bald geklärt sein. Aber wenn sich innerhalb der nächsten Stunde nichts Neues ergibt, müssen wir zur Polizei und Egbert als vermisst melden. Wie denkt Ihr darüber?"

Lydia schluchzte an Hermines Schulter, Hermine nickte stumm Hermann zu.

Am gleichen Tag spät abends gaben Hermine, Lydia und Egbert in der örtlichen Polizeistation ihr Anliegen zu Protokoll: Egbert werde vermisst. Man sei sehr beunruhigt, weil Egberts Abwesenheit schon Stunden andauere, was für seine Frau und das befreundete Ehepaar ganz und gar unerklärlich sei. Ein Foto wurde über den Tisch gereicht und drei Personen gaben von Egbert eine präzise Beschreibung. Auch wurde erwähnt, dass er einen unverwechselbaren Silberblick habe. Eigentlich war es das schon. Vielmehr konnten Lydia und die Freunde derzeit nicht tun.

Der Polizist telefonierte gewichtig mit den zwei Streifenwagen, die zur örtlichen Polizeistation gehörten: Er ordnete an, man möge die Augen offen halten. Eine Suchaktion größeren Ausmaßes, so bedeutete er Lydia, werde frühestens nach Ablauf von 24 Stunden in Erwägung gezogen. So sei es eben; denn gewöhnlich finden sich als vermisst geltende Personen nach kurzer Zeit von selbst wieder ein, nicht wahr.

Doch bei Egbert könnte es anders sein, kam es Hermann jählings in den Sinn. Merkwürdig, so sinnierte er, dass er, Hermann, auf einen Gedanken wie diesen kommen konnte. Bei Egbert könnte es anders sein – warum dachte er so über Egbert? Welchen Grund mochte es für diesen plötzlichen Anflug eines unklaren Zweifels an seinem Freund geben?

Dies könnte seinen Grund darin haben, dachte Hermann, dass er Egbert zwar ganz gut kannte, sich mit ihm sogar angefreundet hatte, mit ihm jedoch nicht so vertraut war wie mit anderen, mit denen er schon viele Jahre zusammen war. Im Grunde war ihm Egbert fremd geglieben.

Hermann erinnerte sich jetzt an eine Begebenheit, in der dies zum Ausdruck kam. Diese Begebenheit nahm damals, als sie sich ereignete, einige Zeit in Anspruch, ging ihm in der Gegenwart jedoch blitzartig durch den Kopf und machte ihn nachdenklich.

Wie Hermann einst von Egbert genervt wurde

Egbert saß damals mit Hermann bei einem Glas Bier zusammen. Hermann war lediglich nach Smalltalk zu Mute; denn er war etwas müde und hatte keine Lust auf ein tiefer gehendes Gespräch. Egbert jedoch nahm hierauf keine Rücksicht, wählte eigensinnig ein Thema, das ihm lag und Hermann nicht, nämlich das Problem des Vorhersagens, und sprach abrupt und wenig konziliant:

„Du könntest einmal über folgendes nachdenken: Liegt das Hauptziel beim Vorhersagen darin, möglichst gut zu prognostizieren oder ist es etwa noch wichtiger, eine Vorhersage auch zu begründen – erweise sich die Vorhersage später auch als noch so schlecht? Ist also das Hauptziel, richtig vorherzusagen, wie beispielsweise jemand in einem Golfturnier abschneidet, oder ist das Hauptziel die angemessene Begründung für die Vorhersage?"

Hermann glaubte, sich verhört zu haben. Er möchte über dies und das plaudern, aber doch keine allgemeine Diskussion über Prognosen führen, deren Güte, deren Begründung, dem wissenschaftstheoretischen Drumherum und dergleichen. Er war sogar etwas ärgerlich über die

Einlassung von Egbert, weil dieser doch bemerkt haben musste, dass ihm, Hermann, nicht danach war zu debattieren und streiten.

Doch Egbert lächelte spöttisch und fügte unduldsam hinzu: „Am besten ist natürlich, man sagt richtig voraus und begründet die Prognose zuvor fundiert, oder?"

Hermann bequemte sich nun zu einer nichtssagenden Anmerkung, um Egbert irgendwie ruhig zu stellen: „Ich weiß zwar nicht, warum Du mich das fragst. Eigentlich wäre mir egal, warum eine Prognose zutrifft, wenn sie denn nur eintrifft. Die gute Begründung ist eigentlich etwas Nebensächliches. Das sieht man bei jedem Spiel mit Gewinn oder Verlust. Die Hauptsache ist, dass man ins Schwarze trifft. Wie, das ist doch letzten Endes egal, stimmt's?"

Wenn Hermann gedacht hätte, er habe mit seiner Anmerkung das seine getan und könne sich nun mit Egbert wieder über andere Dinge unterhalten, war er sehr im Irrtum. Egbert offenbarte nun eine Seite seines Charakters, die auf Hermann damals nicht einnehmend wirkte und an die er sich jetzt im Urlaub wieder erinnerte. Egbert ließ nämlich nicht locker, sondern er verbreitete sich, wie Hermann empfand, ohne Rücksicht auf die Befindlichkeit des Gesprächspartners über ein Thema, das ihn, Hermann, nicht sonderlich fesselte, was Egbert ja bemerkt haben musste:

36

„Mein lieber Hermann", sprach Egbert damals in, wie sich Hermann zu erinnern glaubte, gehobener Stimmlage, „wenn Du meinst, das Hauptziel einer Vorhersage ist die Übereinstimmung zwischen dem Vorhergesagten und der späteren Realisation, so kannst Du in eine böse Falle laufen."

„In eine Falle?" wunderte sich Hermann. „Wie kann das Ziel, möglichst gut zu prognostizieren, in Frage gestellt werden? Eine Prognose, die falsch ist, ist weitgehend wertlos, mag sie auch noch so gut begründet sein. Das ist kein Problem, das ist nämlich klar. Am Ende willst Du mir noch einreden, dass eine gut begründete falsche Prognose im Grunde einer unbegründeten, aber zutreffenden Prognose vorzuziehen ist, haha." Mit diesem bestechenden Gedanken gedachte Hermann, das Thema abgeschlossen zu haben.

Doch Egbert fuhr unbeirrt fort, obwohl Hermann, wiederholt gähnend, erkennbar kein Interesse an einer Fortsetzung des Gesprächs zeigte: „Jawohl, in eine Falle kann laufen, wer als Ziel bei der Vorhersage lediglich das Eintreffen des Vorhergesagten ansieht. Das zeigt zum Beispiel die Geschichte des betrügerischen Anlageberaters."

„Nee, diese Geschichte kenne ich nicht", gähnte Hermann und wunderte sich insgeheim, was Egbert mit einem Anlagebetrüger zu schaffen haben könnte. „Mach es kurz, ich will nach Hause."

Doch dieser schürzte unbeeindruckt die Lippe und bedachte Hermann mit einer Geschichte, für die dieser sich im Grunde nicht interessierte. Egbert berichtete nun von einem Anlageberater, der sich unter Verwendung von Vorhersagen am Aktienmarkt, die in der Vergangenheit angeblich stets gepasst hatten, in das Vertrauen wohlhabender Leute eingeschlichen hatte. Die Gaunerei lag in dem vorgetäuschten Erfolg in der Vergangenheit. Doch das allein genügte nicht. Von ausschlaggebender Bedeutung für das Gelingen der später folgenden Abzockerei war, dass die reichen Leute fest daran glaubten, dass ein Anlageberater für die Vermehrung ihres eigenen Vermögens um so besser geeignet ist, je genauer in der Vergangenheit dessen Prognosen und desto erfolgreicher mithin die Geldanlagen waren. Der Fehler der wohlhabenden Kunden war, dass sie nur auf die guten Prognoseerfolge des Anlageberaters fixiert waren, die sie zukünftig auch für sich zu nutzen gedachten, und keinen Wert auf eine inhaltliche Begründung für die Prognose legten. Der Anlageberater hatte deshalb leichtes Spiel: Er musste lediglich Prognoseerfolge in der Vergangenheit präsentieren, sprich: vortäuschen. Er war – wegen der Sorglosigkeit der reichen Leute – alsdann von einer substantiellen Begründung seiner Prognosen befreit, konnte Anlagegelder in Empfang nehmen und diese in jene Kanäle leiten, aus denen es für die wohlhabenden Kunden kein Zurück gab.

„Bist Du nun fertig?" fragte Hermann. „In der Tat, das ist ja eine tolle Geschichte. Hierzu möchte ich folgendes bemerken. Meiner Ansicht nach ist immer noch richtig: Das Wichtigste ist, dass eine Vorhersage ins Schwarze trifft. Ob das der Fall sein wird, weiß man ja vorher nicht. Deshalb ist für das Vertrauen, das man in eine Prognose legen darf, eine schlüssige Begründung von erheblicher Bedeutung. Nur – und das will ich gern von Deiner Geschichte vom betrügerischen Anlageberater lernen – darf als überwiegende Begründung nicht dienen, wie häufig jemand in der Vergangenheit richtig gelegen hat; denn hier kann ja – wie in Deiner Geschichte – ein Gauner geschickt betrügen. Einverstanden?"

Damals wurde das kleine Streitgespräch noch einvernehmlich beendet. Und doch blieb bei Hermann eine Verstimmung zurück, an die er sich jetzt wieder hier im Urlaub erinnerte.

Es war der Anflug eines unklaren Zweifels an seinen Freund, der seinen Grund weniger im Inhalt eines Gesprächs hatte, sondern auf der unduldsamen, befremdenden und kalten Art des Gesprächs beruhte. Oder hatte Egbert gar etwas zu tun mit dem von ihm beschriebenen Anlageberater? Wer weiß.

Egbert war für Hermann ein relativ neuer Freund, einer, den er sozusagen nicht vom Sandkasten her kannte, auch

nicht von der Schul-oder Studentenzeit her. Egbert hatte
er erst sehr viel später kennen gelernt. Auch Lydia machte die Bekanntschaft von Egbert erst vor nicht langer
Zeit, vor ungefähr fünf Jahren.

Wie Lydia Egbert kennen lernte

Damals hatten Hermann und Ehefrau Hermine eine Golfrunde absolviert und saßen anschließend auf einen Kaffee in den bequemen Korbsesseln des Clubcafés. Sie waren leicht ermüdet und genossen die letzten Sonnenstrahlen des schönen Tages. Ja, diese stiegen Hermine sogar in die Nase, so dass sie herzhaft niesen musste. Zweimal.

„Zur Gesundheit, meine Liebe", lächelte Hermann und betrachtete seine Angetraute mit Wohlgefallen. Sie sah auch zu nett aus in ihrem lindgrünen Pullover und dem flotten bunten Halstuch! „Du hast heute recht hübsch gespielt", fügte er sodann von ungefähr hinzu und war sich dabei bewusst, dass er mit seiner Bemerkung schamlos übertrieb. Warum verhielt er sich so? Nun, er liebte es, seine Hermine zu verunsichern, weil sie dann mitunter leicht errötete, was ihr seiner Ansicht nach besonders gut stand.

Hermine reagierte wie von Hermann erhofft: Sie errötete und schaute verlegen in die Runde. Sie war nicht sicher, ob ihr Ehegatte sie auf den Arm nehmen möchte oder ob er etwa gar nicht bemerkt hatte, dass sie für ihre Verhältnisse eine mäßige Golfrunde gespielt hatte. Sie antwortete deshalb unscharf: „Ich passe mich eben dem erfreulichen Niveau meines Spielgefährten an."

Hierbei lächelte sie spitzbübisch Hermann zu, der unsicher und schielenden Auges seine ihm Angetraute musterte. Ihre Mimik konnte er jedoch nicht deuten und blieb insofern im Unklaren, ob sie etwa hatte zum Ausdruck bringen wollen, dass er ebenfalls nicht sehr gut gespielt hatte. Wie auch immer.

Rasch wechselte er deshalb das Thema und rief – verschmitzt lächelnd – seiner Hermine zu:

> „Da sprach der Herr von Röder:
> Halt oder stirb entweder!"

Hermine schaute verunsichert: „Was soll das nun wieder. Wer ist Röder und warum soll er anhalten oder sterben, wenn er nicht stehen bleibt?"

„Also, meine Liebe, das habe ich kürzlich bei Wilhelm Hauff gelesen, in seiner Novelle Jud Süß."

„Jetzt gibst Du aber an wie zehn nackte Neger!" lachte Hermine.

„Nun hab mal acht", begann Hermann, lehnte sich weit zurück und war davon angetan, seiner Hermine etwas vorzutragen, was sie offenbar noch nicht kannte. „Was

Herr von Röder barsch einem Flüchtenden zuruft, ist
doch wohl unmissverständlich, auch für Dich:

> Da sprach der Herr von Röder:
> Halt oder stirb entweder!

Der Röder ruft einem Flüchtenden zu, er möge sich ergeben, anderenfalls wird ihm damit gedroht, dass er totge-
schlagen wird. So einfach ist das, meine Liebe. Nur wählt
dieser Herr Röder eine Ausdrucksweise – halt oder stirb
entweder – die zwar lustig, heute aber nicht mehr sehr
verbreitet ist. Beispielsweise sagt heutzutage ein Macho
ja zu seiner Ehefrau auch nicht mehr:

> Harsch zieht er vom Leder:
> Komm mit oder bleib entweder,

wenn er sich mit ihr in einem Lokal aufhält und lediglich
zum Ausdruck bringen möchte, ihn ziehe es nach Hause,
sie möge mitkommen. Die Sprache hat sich entwickelt,
meine Liebe. Was Wilhelm Hauff noch vor zweihundert
Jahren sagen konnte und von den meisten verstanden
wurde, ist heute perdú."

„Aber gut, dass wir einen wie Dich kennen, der uns immer mal wieder auf die Sprünge hilft", lächelte Hermine
ihrem Hermann zu und winkte einer Dame, die sich gern
zu den zwei gesellte.

Es war Lydia, eine enge Freundin von Hermine. Sie begrüßte die zwei und setzte sich zu ihnen, nachdem sie noch im Stehen einen Kaffee bestellt hatte.

„Ihr seht zufrieden aus", sprach sie munter, „Ihr habt bestimmt einen schönen Golftag hinter Euch."

„Sag mal, liebe Lydia", antwortete Hermann, der sich mit Lydia gern etwas kabbelte und hierfür jede geeignete Gelegenheit nutzte, „fällt Dir denn nichts Neues ein? Jedes Mal, wenn Du uns hier sitzen sichst, behauptest Du, wir würden zufrieden aussehen und so weiter. Wenn Du Dir die Mühe machen würdest, genauer hinzusehen, würdest Du überrascht feststellen, dass wir tatsächlich jeden Tag anders ausschauen; denn wir absolvieren jedes Mal eine anders verlaufende Golfrunde. Und das macht sich in unserem Erscheinungsbild bemerkbar. Man muss nur genauer hinschauen, gelt."

Zufrieden blinzelte Hermann in Richtung Lydia, die am Überlegen war und zunächst keine Antwort gab.

„Nun lass mal die Kirche im Dorf", mischte sich Hermine ein. „Du, mein lieber Hermann, spielst fast immer den gleichen Stiefel und gleichst Dir diesbezüglich von Tag zu Tag selber, wenn wir mal die unterschiedlichen Garderoben vernachlässigen, die Du ja täglich neu auswählst. Ich jedenfalls kann nicht feststellen, dass Du, abgesehen vom Outfit, jeden Tag anders aussiehst. Lydia hat mit ihrer freundlichen Bemerkung eingangs also alles zutreffend beschrieben und erfasst."

„Recht so", bemerkte Hermann, „haltet Ihr nur zusammen. Zwei gegen einen ist aber unfair, wenn ich das mal so sagen darf."

„Leider", sagte Lydia, „ich bin, wie Ihr wisst, solo und kann Dir etwa über einen Freund keine männliche Verstärkung anbieten."

„Warum bist Du eigentlich immer noch ein Single?" griff Hermine nun ein. „Du bist jetzt schon mehr als drei Jahre Witwe. Dabei bist Du doch eigentlich jemand, der gern in Gemeinsamkeit durchs Leben gehen möchte. Ich denke, wir sollten mal ins Internet gehen und Dich – sagen wir – an einen Zahnarzt aus Bayern verkuppeln."

„Oh ja", pflichtete fröhlich Hermann bei. „Noch haben wir zahlreiche eigene Zähne, die ja hin und wieder professionell gereinigt und auch mal überholt werden müssen. Ein Zahnarzt in der erweiterten Familie käme da gerade recht, nicht wahr."

„Zerbrecht Euch nicht meinen Kopf, Ihr Lieben", äußerte sich nun Lydia, spreizte den rechten kleinen Finger zierlich ab und nippte am Kaffee. Sie sah für ihr Alter immer noch anziehend aus und wusste sich zu bewegen. „Ich komm allein ganz gut zurecht. Und wenn doch noch einmal ein Herzbube in mein Leben treten sollte, seid Ihr die ersten, denen ich davon berichten werde. Versprochen."

„Lydia, Du irrst", warf Hermann ein. „Wir kennen Dich gut und wissen: Du bist fürs Alleinsein nicht geschaffen. Was Dir fehlt, ist ein passender Lebensgefährte. Darin sind wir ganz sicher. Hermine und ich haben hierüber des öfteren geredet. In dieser Sache sind wir einer Meinung. Stimmt's, Hermine?"

„Guck Dir zum Beispiel diesen Herrn an", sagte Hermine und deutete auf einen Herrn mittleren Alters, der auf den ersten Blick ein angenehmes Erscheinungsbild abgab. Er war mittelgroß, hatte noch nahezu volles blondes Haar, das sich bei genauerem Hinschauen als eine in geringem Maße silbrig durchwachsene Tolle erwies. Am hinteren Wirbel hatte sich eine widerborstige Haarsträhne erhoben. Doch ihm stand das. Sein gebräuntes und nahezu asketisch wirkendes Antlitz harmonierte mit den durchgrauten Haarsträhnen auf der hohen Stirn. Dieser Herr bewegte sich zurückhaltend im Raum; er suchte wohl einen geeigneten Sitzplatz.

„Schau ihn Dir an", wiederholte Hermine, „der wäre genau der Richtige für Dich. Also vom Alter her und dem Erscheinungsbild."

„Den kenn' ich", bemerkte Hermann zu Hermine und Lydia, „mit dem habe ich vor Tagen einige Löcher gespielt.

Der ist seiner Aussage nach ein Anfänger; aber er spielt so gut, dass ich dies bezweifeln möchte. Ihr kennt das ja noch vom Tennis. Dort gibt es immer wieder Leute, die behaupten, sie würden erst zwei oder drei Jahre Tennis spielen. Du fällst darauf rein, möchtest jemandem mal etwas zeigen und vereinbarst ein Match. Und dann ziehen sie Dich auf dem Platz gnadenlos ab. Man kommt sich dann so vor, wie wenn man der dumme August wäre."

„Und Du kamst Dir vor wie der dumme August, als Du mit diesem netten Herrn gegolft hast?" wollte Lydia wissen und betrachtete aufmerksam den immer noch eine Sitzgelegenheit suchenden Herrn.

„Nein, das nicht", wehrte Hermann ab und ergänzte: „Bitten wir ihn doch kurz an unseren Tisch. Dann könnt Ihr ihm selbst auf den Zahn fühlen."

Schon erhob sich Hermann und ging auf den zögernd im Café sich voran tastenden Herrn zu. „Hallo, Egbert, wie geht es? Komm doch kurz an unseren Tisch, dann kann ich Dir auch meine Frau vorstellen. Und ihre kleine Freundin, die ist auch da. Du hast doch sonst nichts vor?"

„Ach, fast hätte ich Dich übersehen", entgegnete der Herr, offenbar mit Namen Egbert, und neigte sich diskret mit einer Verbeugung, deren Ausmaß ungefähr ein Drittel vom maximal Möglichen ausmachte, in Richtung Hermann und damit zugleich in Richtung Hermine und Lydia; denn vor diese hatte sich Hermann aufgebaut. Zugegeben: wenig galant.

„Schön, dass wir uns mal wieder über den Weg laufen", hob Egbert an. „Unsere letzte Golfrunde hat mir sehr gefallen, nicht wahr. Und ich bin froh, dass wir uns nicht ganz aus den Augen verlieren."

„Hör doch auf", erwiderte Hermann, „Du warst besser als ich und nur deshalb hat Dir die Runde gefallen! Aber das ist Dein gutes Recht. Darf ich Dir meine Hermine vorstellen und unsere Freundin Lydia?"

Der Angesprochene verbeugte sich noch einmal höflich vor Lydia und sprach: „Wie schön, Sie auch mal kennen zu lernen. Sie sind Hermine, wenn ich nicht irre."

„Falsch, mein Lieber", lachte da Hermann ins Wort. „Das ist nicht meine Hermine, das ist unsere Freundin Lydia. Aber auch die kannst Du gern kennenlernen. Die ist übrigens noch nicht vergeben."

Erschrocken und mit giftigem Blick blickte Lydia zu Hermann. Auch Hermine guckte peinlich berührt. Egbert warf Hermann nur einen nachdenklichen Blick zu und ergriff stumm Lydias Hand für einen hingehauchten Handkuss ohne Berührung. Und anschließend auch die von Hermine, Hermanns Ausrutscher taktvoll überspielend.

„Sie müssen nicht jedes Wort von Hermann auf die Goldwaage legen", versuchte Lydia abzulenken. „Zu haben bin ich natürlich nicht. Jedoch gehe ich zur Zeit wieder allein durchs Leben. Und da ist es schön, so liebe Freunde zu haben, wie es Hermine und auch Hermann sind."

„Was heißt hier schon, man ist zu haben", bemerkte Egbert. „Möchte man zum Ausdruck bringen, dass man in unserem Alter noch auf Freiersfüßen steht, so stecke man sich eine Blume ins Revers und lächle ausdauernd. Sie sehen jedoch, liebe Lydia, – ich darf Sie doch so nennen? – derlei Attribute werden Sie bei mir nicht entdecken. Wiewohl, um mit Hermann zu sprechen, auch ich bin nicht vergeben. Gemeinsamkeit mit einem anderen Menschen kann beglückend sein, so möchte ich anmerken, und ist auch in unserem Alter noch möglich."

„Siehst Du, Lydia", lachte Hermine und ließ ihr kleines Doppelkinn munter erzittern, „genau das haben wir ja soeben besprochen. Und nun sitzt er Dir zur Seite, der kleine Prinz, der so denkt und fühlt wie Du!"

„Hoppla", gluckste Lydia und warf Egbert einen ihrer tiefsten Blicke zu, „das geht mir dann doch zu schnelle!" Und mit Wohlgefallen bemerkte sie, dass Egbert auf der linken Wange die Andeutung eines Grübchens trug. Wie sonderbar und schön! Auch schielte er etwas, wie süß, was sie allerdings erst auf den zweiten Blick feststellte.

Tatsächlich ging es dann doch recht zügig voran mit den beiden. Lydia und Egbert lernten sich kennen und schätzen und waren schon wenige Wochen später unzertrennlich und ein Paar. Auch eine Eheschließung wurde bereits erwogen. Mit Hermann freundete sich Egbert ebenfalls an; sie gingen sogar gelegentlich gemeinsam in die Berge.

Bei einer passenden Gelegenheit, Hermine und Lydia saßen allein in einem geschmackvollen Teehaus und nahmen professionell zubereiteten Malvetee zu sich, versuchte Hermine, ihre aufgestaute Neugier zu befriedigen. Sie fragte: „Sag mal, Lydia, Dein Egbert, wo kommt der eigentlich her? Was hat der vor seinem Ruhestand gemacht? Uns erzählt er ja nichts."

„Weißt Du, Hermine," antwortete Lydia, „es hat lange gedauert, bis er mir mal etwas aus seinem Leben erzählt hat. Er lebt ja sehr bewusst in der Gegenwart und seine Gedanken halten sich nicht lange im Vergangenen auf. Sie kreisen primär um das Zukünftige. Er hat schöne Pläne für unsere Zukunft. Was früher war, berührt ihn nicht mehr, sagt er. Früher, ja früher, da hat er in einer Großstadt in Norddeutschland ein Geschäft geführt, das ihn gut ernährt hat. Mir sagte er, dass er Händler war und alle möglichen Dinge gekauft und wieder verkauft hat. Mehr als Großhändler, weißt Du. Vor einigen Jahren hat er dann den Stecker gezogen und sein Geschäft aufgegeben. Er hat es nicht verkauft, er hat es einfach eingehen lassen.

Dann ist er aus dieser Stadt weggegangen, ohne dass er tiefe Spuren hinterlassen hätte.

Enge Freunde hatte er keine, sagte er mir. Und auch keine Familie mehr. Sein Vater ist schon lange tot, und auch seine Mutter ist bereits vor einigen Jahren gestorben, verunglückt mit einer Straßenbahn. Er hat sich dann für seinen Ruhestand unsere Gegend ausgesucht und ist mit seiner Wahl sehr zufrieden. Im Grunde ist er ein Einzelgänger, sagte er mir, doch ein Leben zu zweit habe für ihn einen noch größeren Reiz. Er habe nur nicht die Begabung, sich schnell mit einer Begleitung zu verbinden. So blieb er allein. Ich bin da wohl die große Ausnahme."

„Lydia, Lydia," lachte da Hermine munter und lehnte sich vertraulich an Lydia, „da ziehst Du ja gerade das große Los! Lass Dir von mir sagen: Dein Egbert ist lieb und nett, ist kein Gigolo und ist nicht arm. Er ist sportlich, hat keinen Bauch und besitzt für sein Alter noch ansehnliche Muskeln. Und er hat, was bei trainierten Menschen die Krönung ist, keine Grütze im Kopf! Nein, er hat einen klugen Kopf, von dem auch Hermann schwärmt. Auch riecht Egbert gut und wird Dir ein treuer Gefährte sein. Greif zu! Was besseres läuft Dir so schnell nicht wieder über den Weg!"

„Ich gebe Dir ja recht," lächelte Lydia, „dass mir das noch geschehen kann. An Egbert habe ich nichts auszusetzen. Ich denke, ich liebe ihn sogar schon etwas."

„Liebe," lachte da Hermine, „ein großes Wort! Verlieben musst Du Dich nicht unbedingt, das geht sowieso vorbei. Es genügt, wenn Du gern mit Deinem Egbert zusammen bist und nicht das Gefühl hast, dass Du ihm im Wege stehst. Wenn Du meinst, er sucht ebenfalls Deine Nähe und Dein Wort, so ist im Grunde alles für eine erfüllte gemeinsame Zeit bereitet."

Sprach's, war mit ihrer Einlassung zufrieden und schlürfte mit Genuss vom heißen Malvetee.

„Es gibt nur etwas, was ich nicht so recht verstehe," merkte Lydia an. „Er ist doch ein geselliger Typ, kommt in unseren Kreisen gut an und ist allgemein ein gesuchter Gesprächspartner. So muss er früher auch gewesen sein, als er noch im Beruf stand und in der Stadt im Norden wohnte. Warum hat er keinen Kontakt mit Freunden und Bekannten aus dieser Zeit? Warum hat er sich derart spurlos davongemacht? Hat er gar etwas zu verbergen?"

„Ganz sicher nicht, meine Liebe," warf Hermine ein und schlürfte erneut von ihrem Tee. „Wie ich ihn einschätze, ist es genau so, wie er es beschrieben hat: Er hat den Stecker gezogen und Schluss gemacht mit seinem Leben im Geschäftlichen. Er ist neu aufgebrochen, hin zu einem netten Flecken wie jenem, in dem auch wir leben und uns wohl fühlen. Konsequent ist er, Lydia, und ohne faulen Kompromiss! Er hätte ja auch weggehen können und mit seinem alten Freundes- und Bekanntenkreis permanent Telefongespräche, Emails und sonst was austauschen können. So würde er noch mit einem Bein im alten Leben hängen. Und er hätte keinen freien Blick für das Hinreißende in seinem neuen Lebensabschnitt, wozu auch Du gehörst."

„Wenn Du meinst," sinnierte Lydia und lächelte dann: „Sein Grübchen links ist aber auch zu lieb. So manches Mal habe ich Angst, auch andere Witwen würden einen fordernden Blick auf Egbert werfen. Aber Grund für diese Befürchtung hat er mir nie gegeben. Nein, er ist ein anhänglicher Mann, er ist ein treuer Typ – er ist ein Lieber mit Grübchen und Silberblick."

Erfolgloses Abwarten

Die Suche nach dem verschwundenen Egbert kam nicht voran. Hermann war über Egberts Verschwinden sehr besorgt. Seine Sorge galt jemandem, den er bislang für einen neuen Freund hielt, gegenüber dem er jedoch, ohne dass ihm dies bis heute klar war, Vorbehalte hegte. Über deren Ursprünge war er sich nicht im klaren; sie mochten in der Vergangenheit zu finden sein, etwa im Zusammenhang einer nach Hermanns Meinung lästigen Streiterei über Prognosen bei Kapitalanlagen, bei der er ja Egbert als eigensinnigen und wenig umgänglichen Gesprächspartner kennengelernt hatte.

Hermine ging es in erster Linie um ihre Freundin Lydia, deren Ängste sie zu mildern suchte. Sie hielt die Suche nach Egbert zwar ebenfalls für geboten, dachte jedoch in ihrer optimistischen Art, dass alles noch nicht sehr besorgniserregend war und sich später irgendwie von selbst lösen würde.

Lydia hingegen war tief erschüttert und sehnte mit Inbrunst die Stunde herbei, in der sie ihren Egbert wieder in die Arme schließen konnte.

Hermann war ein Mann der Tat und vertändelte die Zeit nicht gern mit Gerede und Untätigkeit. Deshalb nahm er seine Hermine und Lydia zur Seite und empfahl folgendes weiteres Vorgehen: "Egbert ist zur Zeit nicht auffindbar. Wir haben keine Ahnung, ob er freiwillig fort ist, ob er einen Unfall hatte oder ob irgendjemand Fremdes der Grund für sein Verschwinden ist. Die hiesigen Ärzte und Krankenhäuser wissen nichts über Egbert, die örtliche Polizei weiß nichts und unternimmt noch nichts. Unsere Botschaft oder ein Konsulat sind weit. Wir sind also zumindest für die nächsten Stunden auf uns allein gestellt. Was können wir tun? Ich halte nichts davon, ihn zu suchen, indem wir aufs Geratewohl losgehen oder fahren, ohne dass wir einer Spur folgen könnten. Das wäre vermutlich reine Zeitverschwendung und diente nur der Selbstberuhigung. Mehr halte ich vom Denken. Wir sollten versuchen zu verstehen, was warum passiert ist, welchen Grund es also für sein Verschwinden geben kann. Kennen wir den Grund, so kommen wir vielleicht auf seine Spur."

Dieser Meinung waren auch die zwei Frauen. Doch ihnen und auch Hermann fiel hierzu nichts ein. Niemand konnte auch nur den entferntesten Anhaltspunkt nennen, der als Ausgang für eine Begründung des Verschwindens dienen könnte. Ihnen fielen eigentlich nur zwei Dinge ein. Erstens: Egberts Vergangenheit lag weitgehend im Dunkeln und enthielt keinen Ansatzpunkt für eine zielgerichtete Suche. Und zweitens hatte er sich vor einiger Zeit Hermann gegenüber zu einem betrügerischen Anlageberater geäußert, was überhaupt nichts bedeuten musste oder – was als recht weit hergeholt erschien – eine persönliche Verstrickung in diesem Umfeld signalisierte. Doch half das weiter? All dies war vage und nicht weiterführend.

So blieb nichts anderes übrig, als am nächsten Tag wieder bei der Polizei vorstellig zu werden und auch die deutsche Botschaft zu informieren und um Hilfe zu bitten.

Die Tage vergingen, Egbert war verschwunden und nichts deutete darauf hin, dass er aufgefunden werden könnte. Dabei tat die örtliche Polizei, was in ihren begrenzten Kräften stand, nämlich nichts. Egbert blieb verschwunden. Und Hermine, Lydia sowie Hermann begannen notgedrungen, sich mit dem Gedanken zu befreunden, die bevorstehende Rückreise ohne Egbert anzutreten.

"Wen könnten wir eigentlich zu Hause benachrichtigen?" fragte Hermann nach einigen Tagen beim Frühstück und schaute unschlüssig zu Hermine und Lydia. "Hat Egbert Angehörige? Oder sonst jemanden, der sich mit Egberts Angelegenheiten auskennt?"

"Eigentlich sollte ich hierüber Auskunft geben können, wir standen ja kurz vor einer Verheiratung", bemerkte Lydia. "Doch merkwürdig ist: Von seinem vergangenen Leben weiß ich eigentlich so gut wie nichts. Mir gegenüber hat er auch nie von Angehörigen gesprochen. Seine Eltern sind verstorben, das hat er mal gesagt; von einer Schwester oder einem Bruder hat er nie gesprochen. Onkel, Tante, Neffe usw.: Fehlanzeige. Das gilt gleichermaßen für seinen alten Freundeskreis, den es doch wohl sicher gegeben hat. Er stehe ganz allein auf der Welt, sagte er mal."

„Da geht es Dir wie mir: genaueres weiß man nicht", warf Hermann ein. „Mit ihm habe ich einmal über Kapitalanlagen, Beratungen und auch Betrügereien in diesem Metier gesprochen. Da kam es mir so vor, wie wenn er sich hiermit beruflich in der Vergangenheit befasst hat. Aber schwören würde ich hierauf nicht."

„Mir gegenüber hat er sich einmal ausführlich über private Schwimmbäder ausgelassen", warf Lydia ein. „Das kam mir irgendwie komisch vor. Sollte er Bademeister gewesen sein oder Vertreter für Pools?"

„Erzähl' mal", sagte Hermine hierzu. „Vielleicht führt das weiter und wir erhalten für unsere Suche einen neuen Anhaltspunkt."

„Nun, er berichtete, dass die Aufbereitung des Wassers in einem Pool – vielleicht sogar in seinem eigenen Pool, denke ich jetzt – in einem Jahr fehlerhaft war", begann Lydia. „Egbert sprach von einem Pool mit Salzwasser, das mit Hilfe einer Elektrolysezelle entkeimt wird, so dass das Wasser immer schön klar ist. Doch, so erzählte er mir – obwohl mich dieses Thema überhaupt nicht interessierte – in einem Jahr war es so, dass das Wasser zwar sauber aufbereitet und entkeimt wurde, das Elektrolysegerät jedoch merkwürdigerweise permanent eine Fehlermeldung anzeigte. Der Durchfluss sei gestört. Ich dachte damals, was geht mich der Durchfluss von diesem blöden Gerät an und wollte Egbert dazu bringen, seine Märchenstunde abzukürzen oder zu beenden."

„Sowas ähnliches, dass er nämlich unnachsichtlich bei seinem Thema bleibt, habe ich bei ihm auch schon mal erlebt", warf Hermann säuerlich lächelnd ein.

„Egbert", so erzählte Lydia weiter, „setzte jedoch trotz meines erkennbaren Desinteresses seinen Bericht in großer Ausführlichkeit fort, indem er zusammen mit einem anwesenden Freund, der ebenfalls nur ein gebildeter Laie war, entschied, dasjenige Verschleißteil zu ersetzen, das unmittelbar die Elektrolyse bewirkt, nämlich die Elektrolysezelle. Danach müsste der Durchfluss wohl wieder ungestört sein. So meinten die zwei. Dies geschah im Frühjahr. Dabei stellte sich heraus, dass das Verschleißteil bereits teilweise verschlissen war, so dass sein Ersatz ganz sicher kein Fehler war.

Leider war die ständige Fehlermeldung bezüglich des Durchflusses nicht beseitigt. Aber im Grunde arbeitete die Elektrolyse ja, so dass – wie sich Egbert ausdrückte – 'wir zwei Klugscheißer' meinten, dass alles gut gehen wird. Und so ging es in seinem Bericht endlos weiter. Glaubt Ihr, er hätte auf mich Rücksicht genommen und sein Salzwasserpool-Abenteuer für sich behalten oder zumindest stark abgekürzt? Fehlanzeige. So hatte ich ihn noch nie erlebt. Doch irgendwann war die story zu Ende und mein Egbert beruhigte sich und seine geröteten Ohren wurden wieder weiß. Aber merkwürdig war für mich diese Erfahrung schon. Doch bedeutet sie etwas?"

"Tja, meine Liebe", sagte Hermine, "uns hilft dies auch nicht weiter. Egbert hatte so seine Ecken und Kanten, das haben wir jetzt zur Kenntnis genommen. Er wusste was von Kapitalanlagen und einem Salzwasserpool, doch dies macht die Suche nach ihm nicht leichter. Ich fürchte, wir müssen noch einige Tage zusätzlich hier bleiben und dann doch feststellen, dass wir ohne Egbert wieder nach Hause fahren müssen. Seine Sachen können wir ja mitnehmen und zu Hause deponieren, falls er wieder auftaucht. Schrecklich, dass wir das tun müssen."

„Da gibt es noch etwas, was mit Egbert und seinen Lebensumständen zu tun hat", fügte Lydia an.

„Erzähl' mal", ermunterte Hermann, „auch der kleinste Hinweis könnte für unsere Suche ein Anhaltspunkt sein. Wir stochern zur Zeit ja noch irgendwie im Nebel, aber vielleicht ergibt sich von Egbert nach und nach ein Bild, das uns bei der Suche helfen kann."

„Einmal hat mir Egbert etwas aus seinem Leben erzählt", begann Lydia. „So etwas geschah selten genug. Er hat die Geschichte so detailliert und eindrücklich erzählt, dass mir noch heute viele Einzelheiten im Gedächtnis sind. Die Begebenheit, von der ich berichten kann, knüpft etwas an die Pool-Geschichte an, so dass sich bei mir der Eindruck verstärkt, dass Egbert in seinem früheren Leben auch etwas mit Schwimmbädern und Ferienhäusern zu tun hatte."

„Nun spann uns mal nicht so lange auf die Folter", maulte Hermine. „Und erzähl uns möglichst umfassend, so dass wir Egberts Vergangenheit besser verstehen können. Vielleicht ergeben sich Anhaltspunkte für unsere Suche nach ihm."

„Also", begann Lydia, „da war jemand in Egberts Bekanntenkreis, der Heiner hieß. Wie kam Egbert zu dieser Bekanntschaft? An einem späten Nachmittag, die meisten Gäste verließen bereits das kleine spanische Strandlokal mit den lustig flatternden Sonnenschirmen, zählten Egbert und ein ihm unbekannter Herr zu den letzten Kunden. Egbert trank aus und wollte zahlen, da wandte sich der Unbekannte an Egbert und sprach zu ihm auf deutsch einige freundliche und unverbindliche Worte. Egbert antwortete auf dem gleichen, leichten Niveau, auf dem er angesprochen worden war, und wollte sich bereits zahlend entfernen. Doch unvermittelt sprach ihn der Fremde an:

„Wie wär's bei Gelegenheit mit einer Partie Schach? Sie spielen doch auch? Ich bin freilich kein starker Gegner, würde mich aber freuen, mit Ihnen bei einem leichten Wein hier unten im Schatten zu spielen und zu plaudern."

Egbert stutzte, wie er mir sagte. So etwas hatte er noch nicht erlebt. Diesen aufdringlichen Kerl gedachte er, möglichst schnell vom Hals zu bekommen. Deshalb sagte er: „Ach, das ist von Ihnen sicher gut gemeint. Aber mit dem Schach habe ich es nicht mehr. Hieran hängen für mich zu trübe Erinnerungen. Bedaure also."

„Aber, wenn Sie möchten, können wir gleichwohl mal zusammen einen leichten Wein nehmen und uns etwas unterhalten", drängte der Fremde weiterhin auf Egbert ein. Dieser schien von diesem Vorschlag wenig angetan, was der Fremde sehr wohl registrierte. „Sehen wir uns mal, so ist es gut. Meine Empfehlung." Sprach's, erhob sich und schlenderte von dannen.

Egbert sah ihm nach und bemerkte, dass der aufdringliche fremde Herr schlank war, mittelgroß und von unbestimmtem Alter. Eher war er sechzig Jahre alt als vierzig. Sein Becken war leicht nach vorn verschoben, zum Ausgleich war der Rücken etwas buckelig verbogen. Merkwürdig. Er ging locker und mit festem Schritt über den kleinen, mit Holzbrettern befestigten Weg. Und schnell verlor Egbert ihn aus den Augen.

Egbert ging den kurzen Weg zu seinem Domizil und nahm vor dem Abendessen, das erst in einer guten Stunde anstand, noch einen kleinen Sherry. Er hatte sich angewöhnt, sich hiervon vor dem Abendessen etwas servieren zu lassen und in Ruhe zu genießen.

„Zum Wohle", sprach plötzlich ein Fremder über den Tisch herüber. Nun, so fremd war der nicht, wie Egbert sofort erkannte. Es handelte sich um den Herrn von vorhin im Strandcafé.

„Hier also lassen Sie es sich gut gehen, Kompliment. Das hier hat etwas."

Was der wohl wieder will? Egbert ließ sich jedoch nicht anmerken, wie im Grunde unwillkommen ihm der erneute Besuch dieses Herrn war. Entgegen seiner eigentlichen Neigung vollführte er mit seiner freien Linken – in seiner Rechten hielt er noch feste das Sherryglas – einladende Bewegungen in Richtung einer der frei umher stehenden Plastikstühle und sprach:

„Sehen wir uns doch so bald wieder, welch Zufall. Wenn Sie möchten, setzen Sie sich eine Weile, hier kann man es gut aushalten. Zu empfehlen ist ein trockener Sherry oder der rote Landwein, ganz wie Sie wollen. Seien Sie doch für einige Minuten mein Gast."

Egbert sagte mir damals, dass er sich am liebsten selbst georfeigt hätte. Aber so sei er eben: Höflich, zuvorkommend und manchmal etwas feige.

Der Fremde verbeugte sich höflich leicht nach vorn, wobei er für kurze Zeit seine bequeme Haltung aufgab, die Egbert vorhin bereits aufgefallen war, nämlich eine leicht nach vorn drängende Neigung des Beckens, die ausgeglichen ward durch eine bucklige Verbiegung des Rückens.

„Sie sind sehr freundlich. Aber störe ich nicht?" In ersichtlich überflüssiger Weise schaute der fremde Gast in die Runde, so wie wenn es vielleicht jemand gäbe, den er ungewollt verdrängen könnte.

„Heiner ist mein Name, übrigens."

„Gut zu merken, so hieß auch ein mir bekannter Dozent aus meiner Studienzeit. Ich bin Egbert, sehr angenehm."

Wieso ist dies angenehm? dachte Egbert.

„Ah, gerade ist der Kellner in der Nähe. Was darf er Ihnen bringen? Den Sherry?"

„Ihrem Geschmack schließe ich mich gern an", sagte Heiner.

„Sie machen hier Urlaub?" begann nun Egbert, nachdem er der Bedienung einen Wink gegeben hatte. Der Kellner kam sogleich und nahm freundlich die Bestellung des Glases Sherry auf.

„Nein, oder doch ja, ganz wie man will", gab sich Heiner zu erkennen. Bei dieser unklaren Aussage klopfte er mit dem Mittelfinger wiederholt auf den Tisch.

„Also keinen Urlaub, oder nur ein wenig?"

„Nun ja", erläuterte Heiner, „wir haben hier ein kleines Ferienhaus, nichts Großartiges." Heiner schlug unerwartet und verschämt die Augen nieder, verharrte kurz in dieser Pose, schaute wieder auf und fuhr fort, wobei sein fleißiger Mittelfinger, der kurz mit dem Klopfen aufgehört hatte, wieder aktiv wurde: „Dort gibt es immer zu tun, Arbeit ohne Ende eigentlich. Und alles muss bald fertig sein; denn wir vermieten und wollen doch alles in ansehnlichem Zustand übergeben."

„Wir?" fragte Egbert, lehnte sich zurück und prostete Heiner zu, der inzwischen ebenfalls ein Glas vor sich stehen hatte und einen kleinen Schluck kostete, bevor er fortfuhr:

„Ja, wir, mein Bruder und ich. Doch der ist nicht hier, der hat zu Hause viel zu tun, wohingegen ich unabhängig bin und nicht mehr dem schnöden Mammon nachlaufen muss."

„Wie schön für Sie", nickte Egbert. „Noch jung und schon weg vom Alltag der Jagd nach dem Geld. Aber, sagen Sie, warum vermieten Sie, wenn Sie es vielleicht gar nicht nötig haben? Sie selbst können keinen richtigen Urlaub machen, wie ich höre, weil Sie ja putzen müssen und weil Sie für andere Leute, ihre Feriengäste, ihr Haus anmalen."

„So spricht nur jemand, der das Haus im Süden noch nicht kennt."

„Wie meinen?"

„Lassen sie mal ein einfaches Haus acht oder neun Monate unbewohnt hier stehen! Sie werden sich wundern, was aus Ihrem Ferienparadies geworden ist, wenn Sie dann wieder einziehen. Unglaubliches wird Ihnen begegnen, sage ich Ihnen."

„Unglaubliches? Das glaub' ich nicht."

„Doch, leider ist das so." Heiner lehnte sich zurück und hatte sein Thema gefunden. „Stellen Sie sich vor, was mir vor wenigen Tagen passiert ist, nachdem unser Haus mehrere Monate über den Herbst, Winter und das zeitige Frühjahr leer gestanden war. Stellen Sie sich vor, Sie erreichen ihr Ferienhäuschen an einem schönen Tag. Schon von weitem sehen Sie, das das Haus noch da ist."

„Was ja sehr beruhigt, hier so tief im Süden", warf Egbert ein und gab zu erkennen, dass er nicht frei von Vorurteilen war.

„Sie steigen aus ihrem Reisewagen aus und möchten die Haustüre öffnen. Doch was ist das? Der Schlüssel passt nicht. Sie versuchen es wiederholt, doch ohne Erfolg. Nach einiger Zeit bemerken Sie, dass das Schloss nicht geht, weil es verrostet ist. Nun, was ist zu tun? Rostlöser, richtig. Doch der ist nicht zur Hand, der ist im verschlossenen Haus. Also irgendwie etwas ins Schlüsselloch geben, was vielleicht helfen kann. Olivenöl vielleicht? Doch Oliveröl steht ebenfalls nicht zur Verfügung. Schließlich besinnen Sie sich auf einen Trick aus der Schülerzeit: Sie pinkeln einfach kurz ins Schlüsselloch! Wunderbar, sag ich Ihnen, das funktioniert immer!"

„Wetten möchte ich", mischte sich Egbert nun ein, „dass sich der Schlüssel auch ohne das bewegt hätte. Meine Erfahrung ist eine andere. Man muss in Zusammenhang mit Schlüsseln und Schlösser nur alles mit Gefühl und Geduld anstellen, Heiner, nicht unbedingt gleich mit Gepullertem."

„Jedenfalls können Sie nun wenigstens rein ins Haus. Dort muffelt alles irgendwie, weil so lange nicht gelüftet wurde. Also: Fenster auf, Sonne und frische Luft ins traute Heim! Natürlich klemmen einige Holzfenster und fast alle Fensterläden, doch die müssen in den nächsten Tagen nur geschmiert und gerichtet werden. Und etwas nachgestrichen, weil so manche spröde Lackschicht beim heftigen Aufstoßen der Fenster und Läden abgeplatzt ist. Macht aber nichts, wir haben ja Zeit und Lack mitgebracht. Nach diesem Geschäft wird es Zeit, nach dem Korkenzieher zu sehen und sich die Hände zu waschen. Doch nun kommt die nächste Überraschung: Das Wasser läuft nicht!"

„Vermutlich mussten Sie erst den Hauptwasserhahn öffnen."

„Sehr richtig, Egbert. An ihnen ist ein tüchtiger Hausverwalter verloren gegangen, wenn ich mir diese Bemerkung erlauben darf. Doch wo ist der Hauptwasserhahn? Irgendwo außen am Haus. Den zu finden, ist nicht leicht; denn Dornen und anderes Unkraut haben sich üppig vermehrt und verwehren einen leichten Zugang zum Hahn. Also erst einmal Dreck wegmachen – übrigens nicht in Arbeitsklamotten, sondern immer noch im Reiseanzug. Und schließlich findet man den Hahn unter einem rostigen Deckel. Den hochgehoben, ist der Hahn in Griffweite. Eine dicke Spinne muss allerdings zuvor noch verjagt werden. Nun nach links gedreht – oder doch lieber nach rechts? Wie geht ein Hahn eigentlich auf?"

„Nach links, denke ich", beteiligte sich Egbert an der Schilderung, die ihn allerdings nicht sehr fesselte. Ihn erinnerte Heiners sich in die Länge ziehende Geschichte an einen stationären Aufenthalt im Krankenhaus, den er vor einigen Jahren hatte. Dort wurde ihm von seinen Zimmernachbarn in vergleichbarer Weise ungebeten und ausführlich deren Kranken- und Lebensgeschichten aufgedrängt.

„Egal, Versuche nach links und rechts bringen nichts, der Hahn sitzt fest. Also eine Zange muss her."

„Nun kommen Sie doch mal auf den Punkt", maulte Egbert und hatte den beständig klopfenden Mittelfinger des Heiner ungewollt im Blick. Der Finger war früher wohl mal gebrochen; denn er hatte hinter dem ersten Gelenkknochen eine Verdickung, die verhinderte, dass er den Finger gerade durchdrücken konnte. Der Mittelfinger war also etwas krumm und klopfte wie ein kleiner Hammer ohne Unterlass auf den Tisch. Das nervte Egbert. Deshalb trank er seinen Sherry aus und überlegte sich bereits, wie er die Sache hier beenden konnte.

Doch Heiner fuhr ungerührt fort, mit dem Finger zu klopfen und zu erzählen: „Also eine Zange war nicht zur Hand ..."

„Auch kein Urin mehr?" wollte Egbert noch wissen.

„Das wäre nicht gegangen, vermute ich. Also rein ins Haus, eine Zange gefunden und am Wasserhahn angesetzt. Kräftig nach links gedreht, und schon geht alles ganz leicht. Nur läuft kein Wasser, weil der Dreher oben am Hahn abgerissen ist."

„Der Dreher? Was ist denn das? Davon habe ich noch nie gehört."

„Nun, der Fachmann wird hierfür einen Begriff haben. Aber ich nenne das Dingen so, weil man daran ja drehen muss, wenn sich der Hahn öffnen soll."

„Aber hören sie mal, Heiner. Man kann sich von den Dingen doch nicht einfach seinen eigenen Begriff machen! Wo kämen wir denn da hin. Beim Golfspiel zum Beispiel sagt man ja zum Eisen oder Holz auch nicht Batscher, obwohl der einfache Mann mit dem Schläger ja – bei einigen Spielern ähnlich wie beim Hockey – auf den Ball batscht, um ihn nach vorn zu treiben."

„Wir wollen uns nicht ablenken lassen und zum Kern der Sache kommen: Das Haus steht also offen da und ist trocken, soweit die Hähne gemeint sind. Da muss wohl ein Fachmann ran. Doch wo findet man in Katalonien halb in der Wildnis – denn so liegt unser Domizil – um die Mittagszeit einen Installateur?"

„Ja", gab Egbert zu bedenken, „da hatten Sie ja wohl schlechte Karten. Mittags döst der gemeine Installateur im Schatten oder er vertilgt ein preiswertes Menü, ist mithin unabkömmlich."

„So ist es und so war es. Deshalb setzte ich mich in den Schatten und tat etwas sehr Vernünftiges: Ich versuchte, einen Mittagschlaf zu halten. Doch auch das war mir nicht vergönnt. Ich hörte ein Geräusch, ein unbekanntes, und ging hinters Haus, um zu schauen, welches der Grund hierfür sein mochte. Und was sah ich?"

„Gleich werden sie es mir sagen."

„Auf meiner Gartenbank saß ein fremder Mann, scharrte mit seinem Sandalenfuß im Kies und starrte vor sich hin auf ein Schachbrett. Ein Schachspieler war bei mir im Garten eingezogen und hatte dort sogar ein kleines Spitzzelt aufgeschlagen. Hat man Töne!"

„Sehen sie es doch positiv und nicht verdrießlich", lächelte Egbert. „Sie halten doch gelegentlich nach einem Schachpartner Ausschau, denke ich. Dort saß er nun bereits, der gesuchte Partner. Nur saß er dort zur Unzeit – Sie hatten ja noch nicht einmal ihre Reisetasche ausgepackt."

„So schnell schießen die Preußen nicht, Egbert. Ich fauchte also den Eindringling an, was er sich erlaube und was er hier wolle. Doch der grüßte freundlich von meiner Gartenbank und antwortete in klarem Hochdeutsch, er bitte um Entschuldigung, er habe gedacht, das Haus sei vollkommen und für lange Zeit verwaist, so dass er sich glaubte die Freiheit nehmen zu dürfen, nicht wahr, hier für wenige Nächte zu siedeln. Und wenn er wieder fortgehe, so werde er selbstverständlich alles sauber hinterlassen und die Natur, die südliche, werde schon in geraumer Zeit seine kleinen Spuren mit frischem Grün verwischen. Und der Gipfel war, dass er – ohne eine Antwort abzuwarten – fragte, ob ich auch Schach spiele."

„An ihrer Stelle", sinnierte Egbert, „hätte ich versucht, die Situation zu beherrschen und sie mir irgendwie zu nutze zu machen."

„Da lassen Sie mal hören."

„Vielleicht hätte ich beispielsweise mal gefragt, ob der ungebetene Gartenbenutzer in der Lage ist, einen kaputten Wasserhahn zu reparieren. Gegebenenfalls hätte er ja die Zeltplatzgebühr abarbeiten können."

„Aber, Egbert! Das war dem doch sofort anzusehen! Der hatte rötliche weiche Hände, die keine Zange halten konnten. Und eine steile Falte zwischen den Augen hatte er auch, so dass für mich völlig klar war, der hat nichts anderes im Sinn als Schach."

„Ach, das haben sie erkannt? Können Sie denn Gedanken lesen?"

„Das nicht, aber alles deutete darauf hin. Nützlich hat er sich dann doch noch gemacht. Er hat nämlich mit großem Appetit meinen restlichen Reiseproviant aufgegessen, nachdem ich das teils warm gewordene Zeugs auf dem Gartentisch ausgebreitet hatte. Zuvor hatte er übrigens die gerade analysierte Schachpartie gesichert, indem er sie sorgsam aufhob und unter einem Oleanderstrauch wieder aufbaute."

„Heiner, Sie sind mir einer", reimte Egbert amüsiert. „Sie wollen in Ihr Haus, kommen nicht rein und bewirten dafür im Garten einen Tippelbruder!"

„Also Tippelbruder würde ich nicht sagen. Das war ein Intellektueller, der aus seinem bürgerlichen Leben ausgestiegen ist - ganz oder nur zeitweise, wer will das so genau wissen."

„Ein Intellektueller? Wie hat er sich verraten?"

„Das merkt man. Wie er beispielsweise die Worte setzte und seine Einlassungen reich mit Assoziationen schmückte."

„Aha", staunte Egbert zum Scheine, „so ist das. Und haben Sie mit diesem Herrn Schach gespielt?"

„Aber ja doch. Wir sind nach einiger Zeit in den Ort gegangen und haben einen Installateur aufgetrieben, für den der Wasserhahn eine Kleinigkeit war. Dann haben wir ausgepackt und uns gegen Abend eine sehr lauschige und ansehnliche Partie gegönnt."

„Ich möchte wetten", fügte Egbert hinzu, „er trank von Ihrem Wein und blieb über Nacht."

„Ja, es ist alles gar nicht so einfach. Aber er ging dann doch bereits morgens, nachdem wir gut gefrühstückt und er sein Spitzzelt verpackt hatte."

Und so endete Lydias detaillierte Schilderung.

„Das war ja eine nette Geschichte", fasste Hermann zusammen. „Und nun wissen wir von Egbert schon ein wenig mehr. Er kennt beispielsweise den Süden, insbesondere Spanien, wie es scheint, recht gut. Vielleicht besitzt oder besaß oder bewohnte er sogar ein Ferienhaus dort unten. Das würde mit seinem Interesse für einen Pool gut zusammenpassen. Auch spielt er wohl Schach, das wusste ich noch nicht."

„Aber wir wissen nicht, wo und wann und wie lange er sich im südlichen Europa aufhielt", ergänzte Hermann. „Wir lernen unseren Egbert zwar immer besser kennen,

doch für unsere Suche nach ihm ist all dies kaum weiterführend."

Dem stimmten alle zu. Und so vergingen die nächsten
Tage. Egbert blieb verschwunden. In den spanischen Me-
dien wurde aufgerufen, nach Egbert zu suchen. Kein Erfolg. Lydia, Hermine und Hermann waren durch eine tiefe Niedergeschlagenheit gezeichnet. Und so traten sie
nach einigen Tagen ohne Egbert die Heimreise an.

Intervallfasten

Zu Hause besserte sich die Stimmung nicht. Niemand hatte eine Idee, die das Entschwinden von Egbert hätte aufklären könnten. Egbert war und blieb spurlos verschwunden. Lydia wurde hiermit von allen am wenigsten fertig. Sie war nach innen und außen ein gebrochener Mensch. Ihre Freundin Hermine versuchte, ihr beizustehen, so gut sie es vermochte.

Hermann saß nicht untätig herum, sondern er bemühte sich in seinem Bekanntenkreis um weitere Informationen über Egbert. Doch zu seinem Erstaunen wusste eigentlich niemand etwas Genaues über ihn zu berichten. Egbert war in Hermanns Stadt vor einigen Monaten zugezogen und wurde schon bald in den einzelnen Personenkreisen gern gesehen; denn er war ein angenehmer Gesprächspartner und interessanter Erzähler. Doch wer er war, wusste niemand so recht zu beschreiben. Dies half auch der Polizei nicht weiter, die sich in die Suche nach Egbert erfolglos eingeschaltet hatte.

Nach einigen Wochen begann das Leben in seinen gewohnten Bahnen zu verlaufen. Lydia und Hermine unternahmen wieder gemeinsame Dinge, gingen zusammen shoppen und spielten auch wieder die eine oder andere Partie Schach. Die Gespräche entfernten sich allmählich von Egbert und seinem abrupten Abgang und betrafen wieder so interessante Dinge wie das Intervallfasten oder einen neuen homöopathische Drops, der im Internet angeboten wurde und der das Intervallfasten erst zu einem bleibenden Erfolg verhelfen sollte. Hören wir mal in ihr Gespräch hinein, das sie auf der Terrasse von Lydias Apartmentwohnung führten:

„Ich habe was für Dich gefunden, mein kleines Dickerchen", wendete sich Lydia an Hermine und machte ein wichtiges Gesicht. Das Dickerchen nahm Hermine ihrer Freundin nicht übel; denn sie wusste sich bei passender Gelegenheit zu revanchieren.

„Im Internet auf der Seite von, wie heißen die doch gleich – ich werde noch auf den Namen kommen – wird ein hoch interessantes homöopathisches Mittel angeboten, das im Zusammenhang mit dem Intervallfasten wahre Wunder vollbringen soll: Man kann in einer Woche glatt und endgültig zehn Kilo abnehmen!"

„Sag nur", staunte Hermine.

Lydia fuhr fort, nachdem sie sich auf ihrem angenehmen Korbsessel zur weiteren Erhöhung der Bequemlichkeit ein kleines Kissen an den linken Rand ihres Beckens untergeschoben hatte: „Das geht so: Bereits das Intervallfasten ist ja wirkungsvoll und ist dabei, was die meisten nicht wissen, sogar gesund. Das angebotene Medikament, das man zusätzlich nimmt, ist jetzt von besonderer Bedeutsamkeit: Es vollendet nun, stabilisiert und garantiert das Abnehmen, wobei es – im Gegensatz zu vielen Mitteln der klassischen Medizin – keinerlei Nebenwirkungen einschleppt! Eine ärztliche Kontrolle beim Abnehmen ist somit – nebenbei bemerkt – weitgehend überflüssig. Es gilt: Man fastet zeitweilig etwas, wirft einen Drops ein, kann anschließend essen was man will, bleibt gesund und nimmt nachhaltig ab. Ist das nicht großartig?"

Lydia warf sich in ihren Korbsessel zurück und schaute Beifall heischend zu Hermine hinüber, die ebenfalls in einem derartigen Sessel saß, ihn im Gegensatz zu Lydia aber zur Gänze ausfüllte.

„Das hört sich ja gut an", überlegte Hermine. „Beim Intervallfasten – das weiß ich ja – muss ich beim Essen auf nichts verzichten; ich muss das Essen nur am Tag so verteilen, dass ich zum Beispiel über einen Zeitraum von 14 Stunden nichts zu mir nehme. Und anschließend kann ich alles nachholen. Das führte bei mir bislang aber nicht zu einem Erfolg, wie Du bemerkt haben wirst, weil ich nach dem 14stündigen Fasten dann fast immer hemmungslos drauf los gefuttert habe. Beim Intervallfasten habe ich auf diese Weise insgesamt viel mehr gegessen als ich ohne Intervallfasten gegessen hätte. Aber mit dem homöopathischen Drops als Unterstützung könnte es vielleicht anders sein. Du meinst, ich sollte es mal versuchen?"

„Bei Dir, meine liebe Hermine", erwiderte Lydia heiter, „entpuppte sich das Intervallfasten eher als Intervallfressen, wollen wir mal sagen. Du darfst beim Intervallfasten natürlich kalorienmäßig insgesamt nicht mehr als ohne dieses Fasten rein tun. Du musst nur bei der alten Menge bleiben, diese jedoch am Tag anders verteilen, und schon klappt es mit dem Abnehmen. Im Grunde verzichtest Du also nicht auf Dein leckeres Essen und nimmst trotzdem ab."

„Und was soll dann der homöopathische Drops noch?" fragte Hermine etwas leidend.

„Das ist jetzt der springende Punkt", begeisterte sich Lydia. „Das Medikament nimmst Du nach den 14 Stunden Fasten und kurz vor dem Essen – und schon schwindet Dein Heißhunger und macht dem sehr viel angenehmeren Gefühl eines gesunden Appetits Platz, der nach guten, aber nicht überreichen Speisen ruft."

„Aha", nickte Hermine. „Und das bewirkt der Drops, der homöopathische?"

„Genauso ist es."

„Das darf ich aber nicht Hermann erzählen", gluckste Hermine und drückte sich tiefer in den knirschenden Korbsessel. „Der wird mir was pfeifen und sagen, so ein Mittelchen bewirkt nichts und ist reine Geldschneiderei.

Neulich hat er mir erklärt, dass diese homöopathischen Wässerchen und feinen Pillen in Wirklichkeit überhaupt keinen Wirkstoff enthalten. Jede der teuren Phiolen ist lediglich mit klarem Wasser gefüllt, das eine – vielfach verdünnte – Ausgangssubstanz nur in derart geringer Konzentration enthält, dass der Fund auch nur eines Moleküls der Ausgangssubstanz in der Phiole einem Sechser im Lotto gleich käme. Nichts ist also drin im Wässerchen, das als Medikament daher kommt.

So liegen die Dinge auch, sagte mir mein kluger Hermann, mit den Dropsen und Pillen: Sie enthalten nichts außer Kalk oder Zucker, sind also Placebos. Und das ist zur großen Verblüffung kein Betrug, sagte Hermann noch; nicht die Pille selbst ist hier das Wesentliche, sondern das, was die Pille beim Pillenschlucker auslöst. So wirkt letzten Endes das Placebo, das keinen Wirkstoff enthält, wie ein richtiger Wirkstoff. Aber ich denke, ich habe verstanden: Wenn ich also faste und vor dem folgenden und erlaubten üppigen Mahl die homöopathisch geadelte Pille nehme, dann sagt mein Körper, der nach der schöneren Form vergehende, nun iss mal schön – aber friss nicht. Und das fällt jetzt mit einem Mal – nach der Einnahme des Mittels – leichter als ohne Pille."

„Genauso ist es", stimmte Lydia zu. „Das ist das Mysterium des Effektes der homöopathischen Pille."

Hermine nickte und lächelte verschmitzt in sich hinein: „Hermann wird sagen: Dass ich nicht über die Maßen essen möge, gilt generell, ob mit oder ohne Einnahme von einem teuren Drops."

„Ja", stimmte Lydia zu, „er würde Dir also vom Kauf abraten und empfehlen, das Intervallfasten nicht als Intervallfressen zu missdeuten. Nur hat Dein kluger Hermann übersehen, dass es ohne Pille – wie Du selbst gesagt hast – bei Dir nicht funktioniert. Aber vielleicht geht es mit dem Drops. Was wird Hermann sagen, wenn es dann tatsächlich funktionieren sollte? Ich wäre gespannt. In jedem Falle würde ich einen Versuch wagen. Schaden kann er ja nicht."

Sie schlug jetzt die Beine anders herum übereinander, saugte am Strohhalm ihres Getränkes und blickte Hermine aufstachelnd an, so als würde sie sagen, dass Hermann mal schön bei seinen Leisten bleiben und nicht in Dinge hineinreden möge, für die er nicht die nötige Unangreifbarkeit mitbringt.

Mit der Befassung derartiger profaner Dinge verging die Zeit, besser gesagt: wurde die Zeit vertrieben, ohne dass

sich irgendein Fortschritt bei der Suche nach Egbert ein-
gestellt hätte.

Ein merkwürdiger Fund unter den Hüten

„Nun reden wir mal von etwas anderem", beschloss Hermine das Thema vom Fasten und räkelte sich in ihrem Korbsessel, in Windrichtung witternd, weil von dort der zarte Geruch einer gegrillten Wurst herüber wehte. Dabei wogte ihr beachtlicher Busen von Luv nach Lee. „Hast Du eigentlich schon einen neuen Freund gefunden, meine alleinstehende Schöne?"

„Hör doch damit auf! Egbert beherrscht immer noch meine Wünsche und Gedanken. An eine andere Beziehung mag ich überhaupt nicht denken. Hilf mir lieber, mit dem Vergangenen fertig zu werden. Beispielsweise dies: Soll ich seine Sachen, die er zu mir mitgebracht hat, lassen wo sie sind? Oder soll ich sie lieber aussortieren und in den Keller tun?"

„Was sind das für Dinge – außer Zahnbürste und Fußsocken?"

„Also genau habe ich noch nicht hingeguckt", antwortete Lydia. „Das Zeug für das Tägliche läuft mir ja ständig über den Weg. Da gibt es nichts, was näher anzusehen erhellend wäre. Aber in einem Karton oben unter meinen

Hüten im Kleiderschrank sind einige Zettel, Bilder und Merkwürdigkeiten, die ich mir noch nicht genauer angesehen habe."

„Vielleicht hat er dort einen Schatz versteckt?" fragte Hermine mit Bedacht und schnüffelte mit ihrem Näschen, wie wenn sie eine neue Witterung aufgenommen hätte.

„Sein Schatz war ich und nicht das Gedöns, das unter den Hüten liegen mag."

„Also Lydia", sagte Hermine zu ihr, „ich würde mal unter den Hüten nachgucken. Irgendwann musst Du dort sowieso ausmisten. Warte damit nicht zu lange; der Schlussstrich muss ja irgendwann doch gezogen werden. Wenn Du möchtest, helfe ich Dir auch dabei. Dann kann ich vielleicht helfen, die krausen Gedanken zu vertreiben, die Dir beim Räumen kommen mögen."

„Neugierig bist Du ja gar nicht, meine liebe Hermine. Aber Du hast recht: Raus mit den vergangenen Dingen, das Leben geht ja sowieso weiter."

„Und jeden Tag einen Apfel essen", fügte Hermine hinzu, spitzbübisch lächelnd.

Lydia ging voran, Hermine schritt hinten drein. Sie verließen die gemütliche Terrasse und betraten das Innere des Apartments, den großzügigen Wohn-Essraum. Dort wirkte eine cognacfarbene Ledercoach mit einer Kuschelecke, die unter Verwendung von flauschigen Kissen geformt war, die überwiegend Blumenmuster trugen, auch solche mit kleineren Blüten.

Die frei an der Längswand des Wohnraumes hängende Treppe wurde von beiden Grazien betreten, ohne dass so etwas wie Knirschen oder Krächzen zu hören wäre, wie es von einer Treppe in einem älteren Bauwerk befürchtet werden kann. Sie schritten also irgendwie geräuschlos nach oben und betraten den Schlafraum. Hier war gute Luft und gedämpftes Licht. Der Schal am geöffneten Fenster bewegte sich leise im schwach wehenden Zugwind. Lydia ging zielstrebig auf ihren großen Kleiderschrank zu und öffnete die oberste Tür linker Hand. Hermine erkannte auch von unten allerlei Gedöns sowie diverse Hüte – teils schön aufgestellt und teils etwas verbeult am Rande liegend. Hermine schob planvoll den einen oder anderen Hut zur Seite, bis ein Karton sichtbar wurde. Dieser Karton war grau, unscheinbar und passte nicht zu den Hüten; er wirkte dort wie ein Fremdkörper. Das Gesamtbild wurde sogleich harmonischer, als Hermine den Karton herausnahm und ihn auf Lydias Bett stellte; denn ein hierfür an sich besser geeigneter Tisch war bereits belegt. Mehrere Blusen und Nickis lagen dort aufgehäuft und boten für die Sichtung des grauen Kartons keine geeignete Unterlage.

Der Deckel des grauen Kartons wurde von Lydia geöffnet und Hermine guckte angestrengt über ihre Schulter auf das, was sich ihnen im Karton zuoberst entbot. Zunächst fielen benutzte, für den Touristen gedachte kleinere Faltkarten und Ansichtsblätter auf: Schlösser, Kirchen und Hotelfassaden. Nichts von Interesse also.

„Kann das weg oder ist das Kunst?" rief Hermine schelmisch Lydia zu. Doch diese blieb stumm und grub sich weiter nach unten durch. Dort entdeckte sie eine gebundene schwarze Kladde: Ursprung China, rautiertes Papier, mit Bleistift geschriebene Jahresdaten, Namen und Pfeile, die einige Namen miteinander verbanden. Unter der Kladde wurden diverse amtlich bestätigt ausschauende Blätter sichtbar, die ebenfalls Zahlen und Namen enthielten.

„Hast Du eine Idee, was das ist?" fragte Hermine die Freundin und klopfte den eigenen Körper erfolglos nach ihrer Lesebrille ab. „Lies doch mal vor, was Du dort in Händen hältst."

„Also", antwortete Lydia gedehnt, „dies hier sind Sachen, die mir so vorkommen, wie wenn Egbert Unterlagen über seine Familie zusammengestellt hätte. Hier, dieses amtlich beglaubigte Schreibstück zum Beispiel, ist eine Bestätigung der Kirche Sowieso, dass dort im Jahre x der Knabe y getauft worden ist. Zugegen waren seine Eltern, deren Berufe genannt sind, und einige Taufpaten."

„Das ist ja witzig. Hat Dein Egbert also die Vergangenheit seiner Familie erkundet und die gefundenen Ergebnisse als ungeordnetes Konvolut unter Deine Hüte gekramt."

„So schaut es aus", murmelte Lydia. „Ganz ungeordnet scheint der Haufen aber nicht zu sein; denn in der Kladde ist wohl ein System skizziert, das aussieht wie ein Stammbaum. Die Zettel hier und amtlichen Blätter sind vermutlich die zugehörigen Quellen und Anlagen. Nun, so können wir Egbert jetzt über seine Herkunft vielleicht noch besser kennen lernen. Spät, aber immer noch von Interesse, wie ich meine."

„Ja, und vielleicht finden wir nun eine Spur, die etwas Licht in Egberts Entschwinden bringen kann."

„Wir sollten", entschied nun Lydia, „all dies sorgsam studieren und sehen, was es uns sagt."

„Das machen wir am besten unten auf der Terrasse und nicht hier auf Deinem Bett", schlug Hermine vor und nahm den Karton kurzerhand an sich. Lydia nickte und ging voran, die Treppe runter durch den Wohn-Essraum und wieder hin zu den Korbsesseln. Hermine stellte den Karton auf den runden Glastisch, nahm die zwei dort noch stehenden gebrauchten Gläser und füllte diese wieder auf mit etwas Prickelndem, das die Farbe Rotweiß hatte.

Lydia, die bedächtigere von den zwei Freundinnen, versuchte nun, geruhsam mit dem Sichten, Ordnen und Verstehen zu beginnen. Hermine, die zwar moppeliger als Lydia war, jedoch auch quirliger, ging das alles zu langsam. Sie raffte die Papiere an sich und begann, behände zu sortieren und Häufchen zu bilden. Schnell war der runde Glastisch vollständig mit Urkunden, Abschriften und Kopien bedeckt. Zu guter Letzt lehnten sich die zwei Grazien seufzend zurück und schauten gemeinsam in die Kladde, in die mit dem rautierten Papier und den mit Bleistift skizzierten Verbindungen zwischen diversen Vorfahren bzw. Ahnen von Egbert.

„Jetzt sehen wir klarer", ergriff Hermine das Wort. „Dein Egbert hat damit begonnen, seine Vorfahren zu sichten und zu ordnen. Er hat sie nach den direkten Abstammungen sortiert und in der Form eines Stammbaumes übersichtlich dargestellt. Er beginnt offenbar und merkwürdigerweise nicht bei sich, sondern sein Stammbaum beginnt bei seinen Eltern. Deren Vorfahren und weiteren Vorfahren hat er geordnet. Dabei geht er teilweise bis zu sechs Generationen zurück. Mehr hatte er wohl nicht erfahren können. Immerhin."

„Egbert taucht gar nicht als Person auf", sinnierte Lydia. „In der Tat, mit seinen Eltern beginnt er und geht nur auf die direkten Abstammungen ein und nicht auf all die Tanten, Onkels und Nichten in der Vergangenheit, mit denen er um die Ecke verwandt ist. Das hat auch etwas für sich; so bleibt alles noch überschaubar."

„Ja, und was sehen wir sofort?" fragte Hermine, räkelte sich in ihrem Korbsessel und witterte, wie schon vorhin, in Windrichtung, weil von dort der inzwischen deftige Geruch von Gegrilltem herüber wehte. „Seine Eltern, Großeltern und deren Vorfahren kommen sämtlich aus einer Ecke von Deutschland, aus Mecklenburg. Niemand stammt aus einem anderen Land. Das sieht ja direkt nach Inzucht aus."

Lydia neigte ihr Köpfchen leicht zur Seite und entgegnete: „Inzucht ist Quatsch. Die Vorfahren stammen zwar sämtlich aus diesem Mecklenburg und dort aus einer Ecke, von der ich noch nie etwas gehört habe. Aber Inzucht ist das nicht. Ich sehe in den Urkunden keine Geschwisterehe oder so was. Die Vorfahren mit Egberts Nachnamen, dem Namen Brandt, haben niemals jemanden mit Namen Brandt geheiratet. Aber, das stimmt, alles hat sich in den vergangenen Jahrhunderten in ein und derselben Gegend getroffen und verheiratet. Hier tauchen mir völlig unbekannte Ortsnamen auf, über die Egbert niemals ein Wort verloren hat. Lass uns mal im Internet gucken, wo diese Nester liegen."

„Von diesen Orten höre auch ich hier zum ersten Mal", warf Hermine ein. „Wo soll das sein? In Mecklenburg? Und wo dort? Ich kenne von diesem Land nur Schwerin, Rügen und die Ostseeküste hinter Travemünde."

„Ob Rügen noch dazugehört, weiß ich nicht. Ist das nicht schon Brandenburg? Oder noch Sachsen?"

„Du Dummerchen", lachte da Hermine. „Geographie ist bei Dir und mir wohl Glücksache. Am besten gucken wir mal ins Lexikon oder Internet, was da über die Urheimat Deines Fast-Ehemannes steht, dann wissen wir mehr. Also ein Kulturkracher kann die Gegend ja wohl nicht sein, in der die Brandts so viele Jahre gelebt haben, sonst hätten wir hiervon schon mal gehört. Es wird sich wohl um Landwirtschaft handeln, um Ackerbau und Viehzucht, womit die Vorfahren von Egbert ihren Lebensunterhalt verdient haben."

Die zwei Grazien gingen sogleich ins Internet und fanden folgendes: Die Vorfahren von Egbert stammen demnach aus Dörfern, die in Mecklenburg in der sogenannten Griesen Gegend liegen. Diese Region im Südwesten des heutigen Mecklenburg-Vorpommern ist eine ehemalige Heidelandschaft, in der heute Wiesen, Äcker und Fichtenwälder dominieren.

Der Name der Griesen Gegend leite sich, so sagen die einen, vom Wort für grau ab, was im Plattdeutschen gris heißt. Grau bis aschgrau war nämlich die Farbe des kargen, nährstoffarmen Sandbodens (Quarzsand) im dortigen eiszeitlichen Sandergebiet.

Andere sagen, der Name Griese Gegend basiere auf der ungefärbten grauen – griesen – Leinenkleidung der dortigen Landbevölkerung. Die Einwohner waren zumeist kleinbäuerlich oder arbeiteten als Tagelöhner. Sie übten als Wanderarbeiter Tätigkeiten in den fruchtbareren benachbarten Gebieten aus. Sie wurden wegen ihrer einheitlich grauen Arbeitskleidung die Griesen genannt. Die Gegend, aus der sie kamen und in der sie zu Hause waren, wurde angeblich deshalb Griese Gegend genannt.

Die Vorfahren von Egbert lebten mithin nicht in Burgen oder Schlössern; es waren Landbewohner der Griesen Gegend, materiell zwar nicht arm, aber auch nicht reich. Ihre Wohnungen bestanden vermutlich aus recht einfachen Unterkünften, unter deren Dächern wohl nicht selten auch Kühe, Schweine und Federvieh ihren Platz hatten.

„Was haben wir nun?" sinnierte Hermine und schaute Lydia aufmunternd an. „Wir wissen, woher die Eltern, Großeltern und Urahnen von Egbert stammen. Wissen wir jetzt auch, wo Egbert lebte, bevor er in unserer Gegend erschien? Wo er vielleicht Spuren hinterlassen hat, die wir für die Suche nach ihm nutzen können?"

„Das alles wissen wir natürlich nicht", antwortete Lydia. „Aber immerhin sollten wir uns mal um die Flecken in Mecklenburg kümmern, in denen noch Verwandtschaft von Egbert leben dürfte. Vielleicht kennt ja jemand die uns interessierende Brandt-Familie, so dass wir erfahren können, ob Egbert vielleicht sogar in der Gegend seiner Vorfahren aufgewachsen ist. Und wohin er dann später abgewandert ist."

„Weißt Du was?" drängte Hermine sofort, „wir sollten an Ort und Stelle Nachforschungen anstellen. Wir sollten herausfinden, ob Egbert in dieser Griesen Gegend aufgewachsen ist oder ob er von dort woanders hin abgewandert ist. Vielleicht finden wir dann ja auch den Ort, in dem er die letzten Jahren verbrachte, bevor es ihn in unsere Gegend verschlug. Unser Hermann hat gewiss nichts dagegen, wenn wir zwei Schönen in der kommenden Woche eine Fahrt nach Mecklenburg machen. Vielleicht möchte er sogar mitkommen."

Spurensuche in der Griesen Gegend

Hermann war nicht abgeneigt, an der Exkursion teilzunehmen. Bis ins Mecklenburgische war es ja auch nicht all zu weit, so dass ihr Vorhaben auch als unterhaltsamer Ausflug in ein unbekanntes Bauernland angesehen werden konnte.

Ja, bei Hermann war sogar die Neugierde geweckt über die Herkunft seines frischen Freundes Egbert. War der vielleicht nur so eine Art schielender Bauernlümmel? Und war dessen Gerede etwa über das Prognoseproblem und über den Anlageberater, den Pool und den Aufenthalt im Süden letzten Endes nur aufgesetztes Geschwätz, um vom Geruch eines Schweine- oder Hühnerstalles oder gar von einer fragwürdigen beruflichen Vergangenheit abzulenken?

Hermann erschrak über sich selbst. Wie konnte er derart gemein über seinen entschwundenen Nahezu-Freund Egbert denken? Ein schielender Bauernlümmel sei er gar, vielleicht eine Art Anlagebetrüger? Wie konnte Egbert in der Gedankenwelt von Hermann dermaßen tief sinken? Er, Hermann höchst selbst, war mit ihm früher doch gemeinsam in die Berge gegangen, hatte ihm vertraulich aus einem persönlichen kleinen Lyrik-Text gelesen, war mit ihm in diversen Golfclubs unterwegs gewesen und war kürzlich sogar gemeinsam mit ihm und dessen Muse Lydia nach Andalusien in Urlaub gegangen – und nun dieses hässliche gedankliche Abkoppeln von ihm. Er sollte sich eigentlich schämen, dachte Hermann und sprach wohlweislich mit niemandem über seine krausen Gedanken.

Der Ausflug in die Griese Gegend barg für Hermine, Lydia und Hermann manche Überraschung. Da war zunächst die Landschaft, die sie angenehm berührte. Sie erblickten von Schilf umsäumte Gewässer, sauber abgeerntete Äcker, ein wenig Heide und über flache Hügel ausgebreitete satte grüne Wiesen, belebt mit Kühen und Pferden. Auch Menschen sahen sie, jawohl, Einheimische zumal. Doch die trugen keine grauen Leinenkleider oder schlurften gar als Tagelöhner über grisen Quarzsand. Nein, sie trugen Jeans, bunte Hemden und waren nicht zu Fuß: Sie donnerten mit ihren Treckern über die Äcker oder schoben im Wald frisch geschlagenes Holz. Einige knatterten mit ihren Mopeds auf Wiesen und Feldwegen um die Wette – alles wie im Westen.

Unsere drei Ausflügler erreichten nach längerem Suchen ein Dorf, dessen Name in den Unterlagen von Egberts Stammbaum relativ häufig auftauchte. Hier wollten sie nach Personen suchen, die Brandt hießen; denn dies war der Familienname von Egbert und auch der von einigen Vorfahren.

Am besten suchen wir nach einer schielenden Oma mit dem Namen Brandt, dachte Hermann und grinste vor sich hin. Natürlich hütete er sich, diesen schnöden Gedanken zu äußern.

„Was erheitert Dich denn so?" fragte sogleich seine Hermine, wartete aber keine Antwort ab, sondern wies mit der Linken auf ein kleines Haus, vor dem ein betagter Bürger des Ortes saß, der sich an einer Pfeife festhielt. Von weitem sah es aus, als wäre er an die Bank, auf der er hockte, angebunden, damit er während der Muße vor seinem Haus nicht in den Staub seines Vorgartens rutschen möge.

„Den sprechen wir mal an", schlug Hermine vor und ging sogleich in Richtung des Alten.

„Ach, entschuldigen Sie mal", begann sie sogleich, „dass wir sie so einfach ansprechen. Aber wir kennen hier ja keinen".

„Hä?" tönte es von unterhalb der Pfeife, wo sich wohl das Maul des Einwohners befand.

„Wir möchten Sie etwas über die Familie Brandt fragen, die hier ja in verschiedenen Häusern zu Hause ist", versuchte es Hermine erneut.

„Mir gäbet nix", kam es schwäbisch vom Alten – verschmitzt, wie es Hermann schien. *Wir geben nichts?* Sollte der gar nicht so doof sein, wie es zunächst den Anschein hatte?

„Wir wollen nichts von Ihnen, guter Mann", nahm Hermann jetzt das Heft das Handelns in die Hand. „Wir möchten Sie nur etwas fragen, was mit der Familie Brandt zu tun hat. Sie kennen doch Leute hier, die Brandt heißen?"

Der alte Einwohner nahm sorgsam die Pfeife aus seinem Maul und spuckte erst einmal ausgiebig in seinen Vorgarten, unweit des gepflegten Fußwerks von Hermine und Lydia, die jeweils rasch einen ausweichenden Schritt nach hinten machten.

„Wir möchten gerade Sie fragen", fing Hermann wieder an, „weil wir denken, dass Sie hier schon viele Jahre zu Hause sind und sich gut auskennen."

Hermine und Lydia schauten sich etwas um und stellten fest, dass das kleine Haus, vor dem der Alte saß, zwar alt war, aber mit seinem Fachwerk und dem Stroh auf dem Dach recht gemütlich aussah. Stände es auf Sylt, wäre diese Hütte wohl unbezahlbar. Nur schien das Häuschen etwas zu niedrig geraten, weil man beim Betreten desselben mit Sicherheit den Kopf einziehen musste.

„Wat wull ju, min Döchting?" fragte daraufhin der Alte auf Platt, zu Hermine gewandt und Hermann beiseite lassend.

„Was willst Du, meine Tochter?" übersetzte Hermann, der etwas Platt konnte, für seine überforderte Hermine.

„Nun, wie mein Mann schon sagte", antwortete Hermine und rückte wieder etwas näher an den Alten ran, der unverhohlen in ihren Ausschnitt sah, „wir suchen jemanden, der Brandt heißt und uns vielleicht einige Fragen über einen Verwandten beantworten kann."

Der Alte nickte zustimmend und unterstrich seine Meinungsäußerung durch einen freundlichen Rülpser. Dies fassten unsere drei Ausflügler als grundsätzlich positive Antwort auf die gestellten Fragen auf. Wenigstens taten diese so, wie wenn jetzt das Eis gebrochen wäre und man beginnen könne, sich gedanklich auszutauschen.

„Also jemand, der Brandt heißt. Kennen Sie so einen?" fragte Hermann und wartete geduldig auf die Antwort.

Der betagte Einwohner hatte es mit einer Antwort nicht eilig. Erst einmal befasste er sich mit seiner Pfeife. Mit einem metallenem Dorn stach er zunächst in den Pfeifenkopf ein und rüttelte dort den halb verbrannten Sott auf, um ihn anschließend mit seinem dunklen rechten Daumen wieder zu verdichten. Sodann entflammte er ein Feuerzeug, richtete die mächtige Flamme auf den Kopf der Pfeife, steckte die Pfeife ins Maul, sog und erzeugte dunkelblauen Rauch. Der roch nicht schlecht; doch unsere drei Ausflügler brachten sich lieber in Sicherheit und wichen etwas zurück.

Der Alte wies alsdann auf sein Feuerzeug, das ja in der Lage war, eine mächtige Flamme zu erzeugen, und maulte: „Mein Flammenwerfer ist für die Pfeife nicht so gut und nur eine Notlösung. Besser sind fürs Pfeifenrauchen Rietsteken; doch die sind mir ausgegangen.“

„Wer ist ausgegangen?“ fragte Hermann.

„Die *Rietsteken*, die Streichhölzer. Kennst Du nicht? *Riet* heißt reißen und *Steken* sind Stöckchen, Hölzer. Ihr aus der Stadt wisst aber auch gar nichts.“

„Also, wie ist es“, versuchte Hermann erneut, „der Name Brandt; sagt der Ihnen was?“

„Brandt!“ grunzte da der Alte. „Und ob mir der Name was sagt. Ich heiße ja immerhin auch so. Hier heißen viele Leute Brandt. Aber nicht mit jedem Brandt sind wir verwandt, meine Catharina und ich. Es gibt eben solche und solche Brandts. Mit einigen sind wir versippt und verschwägert, mit anderen nicht. Catharina hieß als Mädchen übrigens auch Brandt; war mit mir aber nicht verwandt. Sonst noch was?"

Nach dieser langen Auslassung biss er fest in seine Pfeife, machte Dampf und stützte sich mit seinen zwei Pranken auf seinen dünnen Beinen ab. Er schaute erneut unverhohlen in Hermines Ausschnitt, machte dabei neuen Dampf und kämpfte, sich anhaltend räuspernd, gegen einen Schleimpfropf in seinem Hals.

„Aber Sie können die verschiedenen Brandts doch sicher gut auseinander halten? Wir suchen nämlich die Eltern von einem Brandt, mit dem wir befreundet sind." So sagte Hermann.

„Dann fragen Sie doch einfach Ihren Freund und nicht mich", erwiderte der Alte. Dabei grinste er über sein ganzen graues Stoppelgesicht und kniff, gegen Lydia gewandt, sogar ein Auge zu.

Sodann verdrehte er seinen knittrigen Hals um 90 Grad, nutzte eine Hand als Schalltrichter und brüllte mit unerwartet lauter Stimme in Richtung seines Hauses: „Catharina!"

Der Alte hatte also etwas unmotiviert laut nach seiner Catharina gerufen, die irgendwo hinter ihm im Haus wirtschaften musste.

Hermine war erschreckt und schaute Hilfe suchend zu Hermann, der allerdings hinter Lydia in Deckung gegangen war und dort kaum zu atmen sich unterstand.

„Die Catharina können Sie gleich fragen", erläuterte der Alte munter, „meine Catharina kennt sich aus. Die ist ja unehelich, sie hieß früher Brandt und jetzt heißt sie auch Brandt. Nur waren das früher andere Brandts, von denen sie abstammt, nicht zu verwechseln mit den Brandts, in deren Familie sie über mich eingeheiratet hat. Ihr aus der Stadt kennt sowas ja wohl nicht. Da kommt sie ja schon."

Unsere drei Ausflügler blickten erwartungsfroh zur Tür des kleinen Hauses. Diese knarrte, weil sie von innen gedrückt wurde, bis sie schließlich aufsprang. Heraus trat eine merkwürdige kleine Hutzelfrau, offenbar die gerufene Catharina. Sie war so geringen Ausmaßes, dass sie durch die Haustür gehen konnte, ohne den Kopf einziehen zu müssen – ersichtlich war das Haus wie für sie gemacht, eine Generationen übergreifende Maßarbeit sozusagen.

Der kleinen Catharina waren einige besondere und seltene Merkmale zu eigen. Zunächst fiel auf, dass sie die Füße breit setzte, als sie aus dem Haus kam. Sie wackelte irgendwie querkant heraus, bei jedem Schritt ohne großen Raumgewinn. Des weiteren fiel auf, dass sie oben auf ihrem Kopf einen Dutt hatte, der, was die Farbgebung und die Form angeht, wie ein kleiner Heuhaufen aussah. Der Dutt war durch eine dicke Nadel gesichert, sozusagen durch eine im Heuhaufen steckende kleine Forke. Und an den Händen fielen die Daumen auf, die dunkelrot und unpassend groß waren. Zudem waren sie krumm nach außen gebogen und deuteten präzise ins Nirgendwo. Hermann erinnerten die Daumen an Enterhaken, wie er sie kürzlich in einem Kahn am Meer gesehen hatte.

Der Heuhaufen oben hatte es Hermann wohl besonders angetan; denn er stupste seine Hermine in die weiche Seite und raunte ihr ins Ohr: „Guck mal den Dutt!"

„Hast Du Besuch, Johann?" wollte Catharina von ihrem Gatten wissen. Bei ihrer Frage stieß sie mit der Zunge an, was aber weiter nicht ins Gewicht fiel. Da sie aber zahnlos war, wurde ihre Aussprache durch einige Zischlaute gestört, die nicht dahin gehörten.

„Nee, min Besten, das sind Leute aus der Stadt. Die suchen nach einem genauen Brandt. Habe denen schon gesagt, dass hier viele Brandt heißen – und viele haben den Vornamen Johann, wie ich, oder Catharina, wie Du. Dass wir so heißen, wussten Sie noch nicht, oder?" Bei der letzten Einlassung blickte Johann neugierig in die Runde und machte blauen Dampf.

Catharina fing an zu lachen und wies mit einem ihrer roten Enterhaken ins Ungefähre: „Hier wohnen viele Brandts. Die meisten sind nicht miteinander verwandt."

„Oder haben sich erst vor dem Dreißigjährigen Krieg miteinander verbandelt", lachte der Alte. „Weiß man's?"

„Genaues wissen wir nicht. Man muss wohl mal in die Kirchenböker gucken", lenkte Catharina ab. „Aber wir kommen mit allen gut aus."

„Was uns interessiert", nahm Hermann wieder das Heft des Handelns in die Hand, „kennen Sie einen Egbert Brandt"

„Wat hett he secht?", wandte sich Johann an seine Frau, „Egbert? Wat is denn dat für ein Name."

„Ja, Du hast richtig gehört", sprach die Alte gönnerhaft zu Johann und klopfte an sein linkes Ohr, hinter dem sich im Grauhaar vermutlich ein Hörapparat verbarg. „Egbert ist ein seltener Name und hier nicht gebräuchlich", ergänzte sie und war sichtlich stolz darauf, ohne anzustoßen einen ganzen Satz gesagt zu haben. „Johann hört noch ganz gut", erläuterte sie nachdrücklich.

„Aber ich habe ein Hörgerät für alle Fälle, damit mir nichts entgeht", bestätigte der Alte. Und er fügte hinzu:

„Meine Cathi hört noch besser als ich, nur beißen kann sie nicht mehr gut, sie hat eine Zahnprothese. Oder hat Gerti die heute?"

Der alte Johann wandte sich erklärend an unsere drei Ausflügler und ergänzte: „Meine Cathi hilft mit ihrer Prothese schon mal bei der Gerti aus, die kann sich keine leisten. Aber die von Cathi passt ihr wie angegossen. Und wenn es bei denen mal was Leckeres zu beißen gibt, kommt sie rüber und leiht sich von Cathi das Gebiss aus. Nett ist sie ja, meine Cathi, da kann man nichts sagen."

Hermine, Lydia und Hermann mussten sich sehr zusammennehmen, um nicht durch Gelächter, wonach ihnen war, das gute Einvernehmen mit den zwei Einwohnern des Dorfes zu gefährden; denn sie wollten ja etwas über Egbert erfahren.

„Also einen Egbert Brandt kennen Sie nicht? Haben den Namen auch noch nie gehört?" versuchte Hermann das Gespräch wieder in Schwung zu bringen.

„Hier wohnt kein Egbert, das wüsste ich", antwortete Cathi. „Ist ja auch ein seltsamer Name. Der würde uns aufgefallen sein unter all den Johanns und Catharinas."

„Aber vielleicht weiß Gerti mehr?" schaltete sich der Alte ein. „Hol sie doch mal rüber. Dann kann sie Dir ja auch furtens wieder Deine Zahnprothese zurückgeben. Man sieht doch vollständiger aus mit Gebiss." Bei der letzten Bemerkung griente er über sein ganzes Stoppelgesicht und feixte mit Lydia, die sich kaum das Lachen verbeißen konnte.

„Das ist eine gute Idee", sagte Catharina, „ich geh' gleich mal rüber. Um diese Zeit hat sie ihren Mittagsschlaf bestimmt schon beendet."

Und ohne viel Aufhebens wackelte sie in ihrem merkwürdigen Gang über die staubige Straße hin nach einem Nachbarhaus. Nun, auch dieses Haus sah eher wie eine Hütte aus, war recht schmal und niedrig, war aber tatsächlich ein Haus und kein Stall, weil es nämlich eine richtige Hausnummer hatte. Einem Stall oder dergleichen hätte man höheren Ortes sicherlich keine Hausnummer gegeben.

Nach wenigen Minuten, während der sich unsere drei Ausflügler mit Johann über Belanglosigkeiten austauschten, kamen zwei Hutzelweibchen über die staubige und ungepflasterte Dorfstraße angewackelt. Gerti unterschied sich von Catharina nicht wesentlich. Auch sie war vom Körper her klein, hatte den in dieser Ortschaft wohl unvermeidlichen Dutt auf dem Kopf, der wie ein Heuhaufen aussah. Nur in den Daumen gab es einen Unterschied: die von Gerti waren gelb und ganz normal gewachsen.

Offenbar hatten die Damen bereits das Gebiß getauscht; denn Gertis Mund schien leicht eingefallen und etwas faltig, während der von Catharina an der Oberlippe unterfüttert und nunmehr nach außen leicht gewölbt war.

Ob sie einen Egbert kenne, einen Egbert Brandt, wurde Gerti gefragt, nachdem man sich höflich vorgestellt hatte.

„Egbert?" fragte Gerti, „so einen Namen gibt es hier nicht. Hier heißen die meisten Johann oder Catharina, auch Jürgen und Friedrich sind keine seltenen Vornamen, auch Anna kommt häufig vor. Aber Egbert? Was ist denn das eigentlich für ein Name!"

„Egbert Brandt? Den gibt es oder gab es hier nie?" fragte Hermann noch einmal nach. „Der schielt etwas."

„Ach, einen scheelen Blick hatte der?" mischte sich nun Catharina ein.

„Ja, ein Silberblick zeichnet Egbert aus. Das macht ihn eigentlich unverwechselbar."

„Einen scheelen Blick haben einige Brandts, die hinten an der Dorfstraße ihre Häuser haben", erwähnte Gerti. „Da schielt nicht nur August, sondern auch Jürgen kann dich nicht gerade ansehen. Irgendwie scheint der scheele Blick bei diesen Brandts vererbbar zu sein; denn es gibt noch einige Onkels und Tanten im Nachbardorf, die um die Ecke gucken. Aber einen Egbert gibt es dort nicht, das wüsste ich."

„Warte mal", rief da der Alte und erhob sich fast, „es gab bei diesen Brandts mal einen Rotzlöffel, der Eggi gerufen wurde und ebenfalls einen scheelen Blick hatte. Eggi ist ja nicht dasselbe wie Egbert; aber vielleicht handelt es sich um eine Abkürzung von Egbert oder eine Verballhornung?"

„Das könnte sein", sinnierte Hermann. „Wohnt dieser schielende Eggi noch hier in diesem Ort? Und wie alt ist er?"

„Der ist schon lange weg", antwortete der Alte. „Der war noch ein junger Bengel, als er mit seiner Mutter, einer Magd, wegging. Sein Vater muss damals wohl abgehauen oder gestorben sein, weil die Mutter von Eggi ganz allein auf der Welt war. Wie alt er jetzt ist? Damals war dieser Eggi etwas über zehn; dann könnte er heute um die sechzig Jahre alt sein."

„Also, Sie haben uns sehr geholfen", lobte Hermann nun. „Vielleicht beschreiben Sie noch einmal, wo genau einer dieser schielenden Brandts wohnt und wen wir dort vielleicht weiter befragen könnten."

Sie ließen sich beschreiben, wo diese anderen Brandts im Dorf siedelten, verabschiedeten sich höflich und fuhren in ihrem Auto eine kurze Strecke auf der staubigen Hauptstraße des Ortes. Diese machte nach wenigen Metern einen Knick und gab den Blick frei auf einige kleine, mit Stroh gedeckte Häuschen.

Diese standen zum Teil parallel und nah beieinander, zum Teil aber auch schräg zueinander versetzt. Die Hütten schienen wie Bauklötze aus Kinderhand hingewürfelt zu sein. Und ruhig war es hier; kein Mensch war zu sehen.

Hermann sagte: "Klopf mal da drüben an, Hermine. Das Haus sieht bewohnt aus; denn ein Fenster ist nur angelehnt und die Haustür steht ganz offen. Lass Dich aber nicht von dem Köter beißen, der gerade aus dem Haus raus läuft."

„Du bist gut, mutiger Mann. Geh doch selbst hin und lass Dich dann von dem Bluthund gefälligst selber beißen", maulte Hermine.

„Ach was", mischte sich Lydia ein, „dieser Hund will nur spielen; sonst wäre der längst hier, würde die Zähne fletschen und uns wild anbellen. Mit Hunden kenn' ich mich aus. Bleibt Ihr man hier im Sicheren und lasst getrost mich hingehen."

Und mutig ging Lydia dem Haus mit der offenen Tür entgegen. Der Hund wedelte, wie von Lydia vermutet, friedlich mit dem Schwanz und schaute Lydia neugierig an. Ein Wachhund war das also nicht.

Lydia stand schon vor der Tür und suchte nach einer Glocke oder Klingel, um sich bemerkbar zu machen. Doch dies war unnötig; denn durch die Haustür, der niedrigen, trat mit eingezogenem Kopf ein frischer Bauer heraus, rot- und rundgesichtig. Der begrüßte Lydia freundlich und winkte Herman und Hermine zu, wobei seine winkenden Arme klar erkennbar signalisierten, man möge näher treten.

„Ach wie freundlich von Ihnen", begann Lydia. „Sie kennen uns nicht und bitten sogleich, dass wir näher treten. Das dort sind meine Freunde Hermine und Hermann, und ich bin Lydia. Wir sind hier, weil wir von einem Ihrer Nachbarn geschickt worden sind, damit sie uns vielleicht weiterhelfen."

Der Bauer winkte anhaltend und mochte damit kaum aufhören, auch als Hermine und Hermann bereits näher getreten waren. „Das macht nichts", wiederholte er dabei einige Male blöde, „das macht doch nichts, gar nichts, das ist doch selbstverständlich. Sie können auch einen Kaffee haben."

So richtig hatte dieser Bauer den Faden wohl nicht aufgenommen; denn er sprach irgendwie zusammenhanglos, jedoch außergewöhnlich herzlich und entgegenkommend.

Man hätte von ihm vermutlich für wenig Geld das Familiensilber haben können, so dachte Hermann.

Unsere Ausflügler vermieden, auf einen Kaffee ins Haus zu kommen, weil Ihnen von dort her ein strenger Geruch in die Nasen stieg. Sie trugen Ihr Anliegen lieber draußen in der frischen Luft vor, wobei sich der Bauer fortwährend ausgiebig an seinem roten runden Kopf kratzte. Mit der freien Hand kraulte er dabei den Hund, so dass er voll ausgelastet war.

Zur großen Freude der drei Ausflügler erinnerte sich der Bauer jedoch an einen Eggi. Im Einzelnen sagte er, und zwar überraschend klar: „Ja, da gab es mal einen blonden Eggi in unserer Familie, ich glaube einen Vetter um drei Ecken. Der hieß Brandt und hatte eine Mutter, die eine fleißige Magd war und drüben bei meinem Onkel arbeitete. Mit dem Vater hatte dieser Eggi Pech; denn der war bald verschwunden und ließ Frau und Sohn allein zurück. Die hausten dort hinten über dem Stall von meinem Onkel in einem alten Hühnerhaken. Die hatten nichts an den Hacken und gingen bald in den Westen über die Elbe Richtung Hamburg. Die meisten aus dieser Gegend, die nichts hatten und auch gut leben wollten, gingen von hier in den Westen und landeten irgendwann für eine Weile in Hamburg. Manche fuhren dann zur See, einige wanderten auch aus und viele haben sich irgendwo im Hamburger Umland erst verlaufen und dann niedergelassen. Von diesem Eggi haben wir nie wieder etwas gehört. Dieser Eggi war damals ein semmelblonder Junge, ungefähr zehn Jahre alt, der genauso schielte wie seine Mutter. War eben ein Brandt aus unserer Familie. Mehr kann ich Ihnen dazu auch nicht sagen."

„Na, immerhin", freute sich Hermann. „Durch Ihre Informationen sind wir ein kleines Stück weiter gekommen."

Unsere drei Ausflügler bedankten sich herzlich, lobten das Haus des Bauern wie auch den braven Köter und verabschiedeten sich alsbald. Dabei winkte der Bauer mit seinem roten runden Apfelgesicht wie auch schon zuvor bei der Begrüßung anhaltend und mochte damit auch kaum aufhören. „Das macht nichts", rief er den drei Ausflüglern einige Male töricht nach, „das macht doch nichts, gar nichts, das ist doch selbstverständlich."

Im Auto fasste Hermann zusammen: „Nun wissen wir zwar mehr, doch eine richtige heiße Spur, die uns zu Egbert führen kann, haben wir noch nicht. Wir wissen eigentlich nur, dass er vor vielen Jahren mit seiner Mutter ins Hamburgische gezogen ist. Ob er dort hängen geblieben ist oder noch ganz woanders hin gezogen ist, wissen wir nicht. Was machen wir nun?"

Lydia meinte: „Wir können ja unmöglich nach Hamburg fahren und dort aufs Geratewohl jemanden über einen semmelblonden schielenden Eggi oder Egbert befragen, der vor ungefähr fünfzig Jahren mal in Hamburg war. Da kämen wir nicht weit mit."

„Uns bleibt nichts anderes übrig", meldete sich nun Hermine, „als dass wir einen Profi beauftragen, eine Detektei, die für uns nach diesem semmelblonden Knaben sucht. Wir allein können das nicht, wir haben keine Erfolgschance. Und nicht einmal in dem Ort, wo wir gerade waren, weiß jemand, was aus diesem Eggi geworden ist."

Erste Spuren von Egbert

Hermann wandte sich an ein Detektivbüro in Hamburg, das er mit der Suche nach Egbert oder nach Spuren von ihm beauftragte. Er wurde um eine präzise Beschreibung von Egbert gebeten, um Fotos und Informationen über dessen Familie. Großen Wert legte die Detektei auf eine genaue Beschreibung der Eigenarten und Begabungen von Egbert. In diesem Punkt blieb Hermann ehrlich, er erwähnte auch Egberts Eigenschaft, sich zuweilen engstirnig und teils sogar verbissen mit irgendwelchen sonderbaren Randthemen auseinander zu setzen, auch mit Kapitalanlagen. „Sehr interessant, Mann", hörte Hermann es im Telefon krächzen. Doch wie sich herausstellen sollte, waren Informationen dieser Art für die Detektei völlig wertlos.

Wie diese Detektei gearbeitet hat, welche Leute und Quellen sie auch immer angesprochen bzw. angezapft haben mag, blieb für Lydia, Hermine und Hermann im Dunklen. Jedenfalls müssen dort tüchtige Leute das Sagen haben; denn eines Tages flatterte – neben einer nicht unerheblichen Rechnung – eine umfangreiche Dokumentation in das Haus von Hermine und Hermann, das als

Anlaufstelle für Hinweise und Spuren vereinbart war, die Egberts Entschwinden betrafen.

Im Beisein von Lydia wurde die Post geöffnet. Der Inhalt des Schreibens bestand aus einem mehrseitigen Bericht und diversen Anlagen. Letztere enthielten Kopien von Zeitungsartikeln, Fotos und amtliche Dokumente.

Im Begleitschreiben wurden zunächst kurz der Auftrag für die Nachforschung nach einem Egbert Brandt formuliert sowie die zur Verfügung stehenden Informationen über seine Person, ihre Eigenarten und allgemeine Hinweise, die bei der Suche weiter helfen könnten.

„Nun mach mal", drängelte Hermine, der die übergroße Sorgfalt, mit der Hermann die einführenden Seiten studierte, deren Inhalt ja allen bekannt war, nicht gefiel.

In einer dann folgenden Zusammenfassung über die Hauptergebnisse mussten unsere drei Auftraggeber zunächst betrübt zur Kenntnis nehmen, dass ein Egbert Brandt von der Detektei als für gegenwärtig unauffindbar erklärt wurde. Jedoch – und augenblicklich straffte sich der bereits enttäuscht gebeugte Buckel von Hermann – man habe klären können, dass erstens ein mit Eggi gerufener Egbert Brandt im nördlichen Stadtrand von Hamburg vor ca. 50 Jahren die Volksschule besucht hat, dass zweitens dieser Eggi einen Sehfehler hatte, der im Eppendorfer Krankenhaus operativ nicht vollständig beseitigt werden konnte, dass drittens seine Familie vermutlich ausschließlich aus seiner braven Mutter bestanden hat und dass viertens eben diese Mutter gelegentlich von einer Straßenbahn überfahren wurde, was sie bedauerlicherweise nicht überlebte.

„Na, da haben wir ja schon was", kommentierte Hermine die Informationen.

Im Anschluss an den Besuch der Volksschule habe dieser Egbert eine Lehre in einer Bank-Filiale der, wie sie sich nannte, Handelsbank in Lübeck begonnen, die am Stadtrand von Hamburg ihren Geschäften nachging. Unklar blieb, ob die Lehre mit einer Prüfung abgeschlossen wurde. Hierfür gab es keine Belege.

Einige Jahre später konnte dieser Egbert Brandt erneut geortet werden: er war an einer Kampagne beteiligt, die sich mit der Ernte von Runkelrübensamen befasste. Er war also zumindest für einige Zeit in einem Betrieb beschäftigt, der mit der Landwirtschaft zu tun hatte und Saatgut erzeugte, Saatgut insbesondere für Runkelrüben. Diese dienten, das weiß auch der Stadtmensch, später als Viehfutter. Übrigens: in der schlechten Zeit nach dem Zweiten Weltkrieg, das sei hier locker eingestreut, aß die hungernde Bevölkerung die Runkelrüben oder Steckrüben, wie sie auch genannt wurden, als Ersatz für fehlendes Brot aus Getreide. Auch war zum Sonntag glitschiger Kuchen aus Steckrüben, übergossen mit schwarzem Sirup, der aus Zuckerrüben gewonnen wurde, keine seltene Mahlzeit am ansonsten fleischlosen Esstisch.

Dann gibt es Lücken im Werdegang von Egbert, die nicht aufgehellt werden konnten. Eine letzte Spur stammt von einer Haftanstalt: dort saß ein Egbert Brandt für einige Wochen wegen gewerbsmäßigen Betrugs ein. Der Betrug bezog sich auf einen Anlageschwindel, wie im Bericht der Detektei abschließend und etwas vage vermerkt wurde. Dies ereignete sich vor nunmehr ungefähr zwanzig Jahren.

„Hast Du das gewusst?" fragte Hermine ihre Freundin Lydia, die stumm den Kopf schüttelte.

Für die Folgejahre konnte nur noch ermittelt werden, dass für Egbert Brandt bis nahe an die Gegenwart heran eine Telefonnummer bekannt war. Auch konnte ermittelt werden, dass er in einem Vorort von Hamburg allein in einer kleinen Wohnung zur Miete lebte. Über seinen Beruf und seinen Bekanntenkreis konnte nichts in Erfahrung gebracht werden, weil beispielsweise die befragten Nachbarn mit diesem Egbert Brandt keinen persönlichen Umgang gepflegt, ihn nicht einmal oberflächlichgekannt und sich für ihn im Übrigen überhaupt nicht interessiert hatten, auch weil er keinen Hund besaß. Einige Jahre war es ja auch bereits her, dass dieser unauffällige Mieter an der Stadtgrenze von Hamburg wohnte.

„Nun sieh mal einer an", kommentierte Hermann die durchgesehenen Unterlagen, „war unser Egbert also viele Jahre in Hamburg. Hat dort zurückgezogen gelebt, hat sich beruflich umgesehen und hat sich in verschiedenen Richtungen ausprobiert. Und ist sogar einmal im Knast gewesen. Dann war sein Gerede über Kapitalanlagen also doch etwas, was mit seiner Vergangenheit zu tun hatte. Wie es aussieht, war er kein großer Hecht im Teich der Kapitalisten. Aber was er wirklich gemacht hat, wissen wir nicht. Die Detektei ist in dieser Richtung auch nicht fündig geworden. Ob er selbständig war oder angestellt, wissen wir nicht. Vielleicht kann man in diese Richtung noch mal nachbohren. Mir ist eigentlich zu wenig, was die Detektei uns in diesem Punkt geliefert hat. Man müsste doch erfahren können, ob er zum Beispiel in der Rentenversicherung geführt wurde oder ob er ein selbständiges Unternehmen geleitet hat. Ich ruf nachher mal an, ob hier noch was zu erfahren ist."

„In der Rentenversicherung wurde er nicht geführt", warf Hermine ein und lachte Hermann frech an. „Das steht hier auf einer Antwort der Versicherung. Die hast Du wohl übersehen."

„Tatsächlich", knurrte Hermann und studierte den entsprechenden Beleg.

Lydia war traurig und sagte: „Nun wissen wir zwar etwas über Egberts Vergangenheit. Aber hilft uns das wirklich weiter? Können wir jetzt besser verstehen, warum Egbert in Andalusien so plötzlich und ohne Abschied verschwand? Haben wir jetzt einen neuen Anhaltspunkt, nach dem wir uns richten könnten bei der Suche nach ihm? Ich denke: nein."

Hermine neigte ihren Kopf von links nach rechts und dann wieder anders herum und sagte zunächst nichts. Doch dann bemerkte sie: „Also etwas mehr als zuvor wissen wir jetzt doch schon. Es spricht einiges dafür, dass Egbert beruflich etwas mit Geld und Kapital zu tun hatte, dass er vielleicht sogar ein schlimmer Finger war, weil er ja kurze Zeit für etwas im Knast war, das mit einem Betrug im Zusammenhang mit Kapitalanlagen zu tun hatte."

„Richtig", schaltete sich nun auch Hermann ein, „Egbert war kein Bauer oder Handwerker, aber vielleicht ein Händler oder Berater, der mit Geld und Kapital umging. Dann könnte sein, dass sein Verschwinden mit Schwierigkeiten in alten Geschäften zu tun hatte. Vielleicht schuldete er Geld, vielleicht hatte er Kunden reingelegt, was auch immer. Und so ein alter Kunde läuft unserem Egbert Jahre später in Andalusien zufällig über den Weg? Das Wiedersehen muss für Egbert schwer verdaulich gewesen sein; denn er verschwand spurlos – und das doch wohl nicht freiwillig."

„Man kann nicht sagen, dass Du phantasielos bist", entgegnete Hermine. „Klar, er könnte einem alten Gläubiger

116

über den Weg gelaufen sein, der ihn sich schnappte, um irgendwie an sein Geld zu kommen. Aber ist das realistisch? Warum wird Egbert von irgendjemandem entführt, wenn er diesem Geld schuldet? Kommt der Entführer auf diesem Wege tatsächlich besser zu seinem Geld? Und warum wird das Kidnapping im Ausland veranstaltet und nicht zu Hause?"

„Das passt vorne und hinten nicht", fasste Hermann zusammen. „Wenn jemand entführt wird, so verlangt der Entführer irgendwann von irgendjemandem Geld. Das ist hier nicht der Fall. Eine Entführung liegt also vermutlich nicht vor. Ungeplant und zumindest zu Beginn freiwillig muss unser Egbert mit jemandem mitgegangen sein, sonst macht alles keinen Sinn."

„Ungeplant", sagte Lydia, „das war ganz sicher ungeplant. Egbert hatte gewiss nicht vor, während unseres gemeinsamen Urlaubs jemanden zu treffen, um mit diesem dann auch noch mit zu gehen."

„Ich denke", fasste Hermann zusammen, „wir können unter Berücksichtigung der Ergebnisse der Detektei und unserer Überlegungen das folgende Resumè ziehen." Er warf seinen Kopf überlegen nach hinten, sah für Bruchteile einer Sekunde wie ein Gelehrter aus, und fuhr fort: „Egbert hat während unseres Urlaubs in Andalusien zufällig jemanden aus seiner alten Zeit getroffen, wobei dieser für uns Unbekannte mit Egbert vielleicht über Kapitalanlagen oder ähnliches verbunden war. Dieser für uns Unbekannte muss in der Lage gewesen sein, auf Hermann derart einzuwirken, dass dieser Hals über Kopf alles hat stehen und liegen lassen und – sozusagen freiwillig – mit ihm ging. Vielleicht wollte Egbert nur für kurze Zeit das Hotel verlassen und außerhalb des Hotels etwas regeln. Möglicherweise aber wurde er später davon abgehalten, zu uns ins Hotel zurück zu kehren."

„Also er wurde gegen seinen Willen irgendwo zurückgehalten, das ist für mich sicher", fügte Lydia an.

„Wenn jemand gegen seinen Willen festgehalten wird", sinnierte Hermine, „dann muss sich derjenige, der eine Freilassung verhindert, hiervon etwas versprechen. Dass Egbert zum Beispiel jemandem Geld schuldet, sollte kein Grund dafür sein, dass er festgehalten wird; denn an Geld, das Egbert einem Unbekannten schulden mag, kommt dieser vermutlich nicht leichter ran, wenn er Egbert festhält."

„Und warum wird Egbert dann festgehalten?" wollte Hermann nun wissen.

Hermine fuhr fort: „Wer Egbert festhält, tut dies, um zu verhindern, dass Egbert in Freiheit etwas gegen einen unternehmen kann. Zum Beispiel könnte Egbert eine Information über eine Person oder ein Geschäft dieser Person besitzen, die nicht an die Öffentlichkeit kommen sollte.

Dies kann erreicht werden, wenn Egbert mundtot gemacht und aus dem Verkehr gezogen wird – oder im schlimmsten Fall sogar zum Schweigen gebracht wird."

„Das hört sich nicht dumm an, hat aber einen Haken", erwiderte Hermann. „Wenn jemand befürchtet, dass etwas ans Tageslicht kommt, was ihn belastet, dann kümmert er sich darum beizeiten und lässt es nicht auf einen blöden Zufall ankommen, dass er Egbert irgendwo im fernen Andalusien über den Weg läuft. Er würde nach Egbert natürlich zu aller erst in Deutschland suchen. Und dort würde er ihn wohl auch finden können; denn Egbert hat sich nicht unter einem falschen Namen versteckt."

„Für mich steht jetzt fest", sagte Lydia, „Egbert wird gegen seinen Willen festgehalten und wird festgehalten, weil er etwas gegen jemanden in der Hand hat, was das Licht der Öffentlichkeit scheut. Dies kann für Egbert lebensgefährlich sein. Aber es ist auch denkbar, dass Egbert nur für eine gewisse Zeit aus dem Verkehr gezogen wird, bis sein Wissen für den unbekannten Entführer ungefährlich geworden ist."

„Genial", rief Hermann, „Lydia, Du überraschst mich! Deine These ist stimmig! Sie hätte von mir sein können. Du sagst, Egbert ging zunächst freiwillig auf jemanden zu, den er wohl noch von früher kannte, wurde von diesem irgendwie vereinnahmt und schließlich festgesetzt. Geld wollte der Unbekannte nicht; denn dieses Vorhaben hätte er anders verfolgt. Was der Unbekannte von Egbert wollte, wissen wir nicht und können hierüber nur spekulieren. Vielleicht ist es tatsächlich so, dass Egbert wegen irgendeiner Sache, die nicht für die Öffentlichkeit bestimmt ist, aus dem Verkehr gezogen wurde, wobei sich dieses Vorhaben erst endgültig im Anschluss an das zufällige Zusammentreffen in Andalusien ergeben hat. Und wenn Egbert noch am Leben ist – neben unserer Hoffnung spricht dafür, dass noch kein Toter gefunden wurde –, besteht die Hoffnung, dass er irgendwann wieder frei kommt, weil seine Festsetzung nach einiger Zeit überflüssig geworden ist. Tatsächlich, so oder so ähnlich könnte es gewesen sein."

„Wenn es stimmt, was Ihr sagt", schaltete sich Hermine ein, „müssen wir nach Egbert nicht mehr suchen; denn er kommt von allein zurück, wenn die Zeit reif ist. Ich allerdings glaube nicht daran. Irgendwo ist in Euren Gedanken ein Fehler verborgen."

„Nicht unbedingt ein Fehler", verbesserte Hermann seine Hermine, „wir haben nur die Idee, dass es darum geht, dass Egbert etwas weiß, was aus der Sicht eines oder mehrerer Unbekannter zeitweilig nicht an die Öffentlichkeit darf. Zugegeben, dies ist spekulativ gedacht. Doch gibt es eine bessere Erklärung?"

„Es muss dann so abgelaufen sein, dass der Unbekannte erst nach dem zufälligen Zusammentreffen mit Egbert in

Andalusien erkannt hat, dass Egbert für ihn zu gefährlich ist, als dass er ihn frei laufen lassen könnte", sinnierte Lydia.

„Du überraschst mich schon wieder, Lydia", bemerkte Hermann, „so kann es sich abgespielt haben, so passt alles zusammen."

„Und wisst Ihr, was mir hierzu noch einfällt?" fragte Lydia. „Mit Geld, Kapital, Anlagenberatung usw. muss all dies gar nichts zu tun haben. Es könnte ja auch sein, dass Egbert von jemandem etwas wusste über dessen Bestechlichkeit zum Beispiel oder über dessen Betrug an seiner Frau."

„Dazu passt aber nicht, dass Egberts Verschwinden nach einiger Zeit grundlos wird, so dass er frei kommt", warf Hermine ein und guckte ratlos in die Runde. Den zwei anderen fiel hierzu auch nichts mehr ein. So löste sich die kleine Versammlung schulterzuckend auf.

Im Nebel

Der Sommer beugte sich nieder und ließ die Nebel los. An der See tutete das Nebelhorn, *tu-tuuu, tu-tuuu*, im Gebirge verloren die Geräusche die Richtung ihrer Herkunft. Die Kühe bimmelten und muhten von links, rechts und von oben, man wusste nicht, von woher die Laute kamen und konntc leicht die Orientierung verlieren. Des Wanderers Staubmantel blieb zu Hause am Haken und wurde durch einen Überwurf ersetzt, der auch für die Feuchtigkeit taugte. Mehr im Norden hatten diese Sachen oft eine gelbe Farbe und erschienen wie aus Plastik gefertigt, im Süden herrschte das Dunkelgrün der aus Lodenstoff geformten Anziehsachen vor. Die Umrisse der sie tragenden Personen waren im Nebel zu undeutlich, als dass man einen Scherenschnitt entwickeln, einfangen und in die Schachtel legen könnte. Nein, dies wäre erst wieder etwas fürs Frühjahr.

Hermann, seine Hermine und deren gemeinsame Freundin Lydia schritten munter voran. Immer in den Nebel rein. Man sah nicht viel, kleine Wasserperlen entwickelten sich auf der Bekleidung der drei Wanderleute. Natürlich war es Hermine, die Dicke, die bereits nach kurzem Weg anfing zu maulen: „Hermann, man sieht ja rein gar nichts mehr. Überall wabert dieser graue und kalte Nebel, ich habe schon eine ganz kalte Nase. Und die Füße tun mir weh."

„Gemach, gemach", antwortete Hermann, „gleich durchstoßen wir die Nebelbank und werden durch einen herrlichen Ausblick auf die freien Berge belohnt. Dann hole ich meinen Spiegel aus der Tasche und schleudere Blitze in die Welt."

„Jawohl, darauf freue ich mich schon", pflichtete Lydia bei, „lasst uns noch nicht aufgeben. Es wird ja schon etwas heller. Und ich denke, dort hinten, wo es noch wie in einer Waschküche aussieht, steht die Sonne und löst schon etwas den Nebel auf."

„Sehr richtig, dort hinten ist die Sonne", bestätigte Hermann, „ich weiß das genau, weil ich hier schon mal mit Egbert gewandert bin, vor einiger Zeit im Frühjahr."

„Noch zehn Minuten", drohte Hermine, „wenn es hier dann immer noch so beschissen nass und grau ist, gehen wir zurück in die Klause dort unten, die inzwischen wohl geöffnet hat, essen einen Kanten Brot und trinken dazu etwas Wein."

„Du alte Schnapsnase solltest nicht gleich die Flinte ins Korn werfen", kritisierte ihr Ehegemahl. „Du solltest ein

Lied anstimmen und damit, wenn schon nicht den Nebel, dann zumindest die Stimmung aufhellen."

„Bloß nicht", lachte Lydia, „dann fangen die Kühe wieder an zu bimmeln und zu muhen. Du kannst ja vor Dich hin summen, das würde die Kühe nicht erschrecken."

Hermann schritt nun kräftiger aus, weil er den Rückenwind, den er durch Lydias Einlassung glaubte erhalten zu haben, durch Raumgewinn unverzüglich umsetzen wollte. Dabei kam er jedoch ins Stolpern und Straucheln. Den Sturz wollte er vermeiden, indem er nach vorn stolpernd sowohl seine Schritte als auch die Frequenz derselben vergrößerte. Auf diese Weise beschleunigte er seine Gangart deutlich, er fiel irgendwie nach vorn, jawohl, doch er verschwand auch lautlos im Nebel, der an dieser Stelle außerordentlich dicht war. Hermine und Lydia erschraken und waren zunächst sprachlos.

„Hermann, wo bist Du?" rief nach kurzer Weile Hermine leise ins Graue, Feuchte und Stumme hinein.

„Hier, meine Liebe", tönte es kläglich hinter einem großen Stein etwas abseits vom Weg, der noch grauer war als der Nebel. „Ich habe mir weh getan!"

„Ach, Du Armer, wir kommen schon!" rief Lydia. Sie konnte kaum die Hand vor den Augen sehen und lief deshalb zur Sicherheit mit beiden Armen in Vorhalte hin zum

Felsbrocken. Hermine folgte ihr nach und sie fanden ihren Hermann. Dieser kniete am grauen Felsen und hob den zwei Frauen anklagend seine leicht blutende Linke entgegen.

„Der Spiegel ist kaputt!" jammerte er. „Ich bin beim Hinstürzen unglücklich auf den Spiegel gefallen, der ist zerbrochen und eine Scherbe hat mir die Hand zerschnitten. Schau, Hermine!"

Und Hermann zeigte seiner Gemahlin seine Verletzung. Also, die Wunde an der Hand war recht klein und eigentlich kaum der Rede wert. Doch der Spiegel, mit dem Hermann später in der Sonne noch hatte Blinkfeuer erzeugen wollen, der war erst einmal hin. Hermann erhob sich seufzend und ließ sogar zu, dass Hermine und Lydia ihn stützten.

„Nun ist mir auch nach Brot und einer kleinen Kanne Wein, wenn Ihr mich fragt", meldete sich Hermann nach kurzer Verschnaufpause und Versorgung der unbedeutenden Wunde durch seine umsichtige Hermine. Die kannte die Wehleidigkeit ihres Pappenheimers und war deshalb nicht überrascht, dass dieser nach seiner Bruchlandung hinter dem grauen Felsbrocken eine veränderte Einstellung zur Wanderung im Nebel hatte. Er nörgelte nun auch:

„Man sieht nicht viel, kann hinfallen, die Sachen werden nass und unsere Nasen beginnen zu laufen. Lasst uns also umkehren."

Lydia wurde gar nicht erst gefragt. Hermine und Hermann kehrten einfach um und bemühten sich, den Rückweg im Nebel zu finden. Dies fiel natürlich nicht schwer. Auch war der Wanderschritt nun leichter, weil es bergab ging. Der Nebel waberte zwar unentwegt, doch je weiter sie nach unten kamen, desto weniger dicht ward er. Nur die Tageshelligkeit stellte sich nicht ein, was ja kein Wunder ist, weil sich die Drei jetzt unterhalb der Wolke aufhielten, durch die das Sonnenlicht teils verschluckt wurde.

Die Klause hatte inzwischen geöffnet; ihr Namensschild wurde jetzt einladend beleuchtet. Innen brannte auch Licht; zwei alte Leute saßen an einem Tisch, kniffen die Augen zu schmalen Schlitzen zusammen und guckten mit lang ausgestreckten Armen in die Karte.

„Die haben ihre Brillen verloren", grinste Hermann zu Hermine. „Die sollten besser die Karte in Blindenschrift nehmen."

„Sei nicht so garstig und sprich leiser", zischelte Hermine. „Manchmal können solche Leute noch gut hören. Denk nur an den Alten im Dorf in der Griesen Gegend. Der hörte noch vorzüglich, auch weil er ein Hörrohr hatte. Das tragen die beiden da drüben vielleicht auch hinterm Ohr."

„Nein, meine Verehrteste", ließ sich einer der zwei alten Herren vernehmen, „wir sind zwar hoch betagt und können ohne Lesebrille nicht mehr auskommen; doch hören, hören tun wir noch gut. Gelt, Heribert?" Dieser lächelte freundlich zustimmend.

Hermine erschrak und versuchte, die Situation mit einem freundlichen Lächeln zu retten. „Nehmen Sie's meinem Hermann bitte nicht übel", äußerte sie, „der meint es nicht so. Manchmal ist er etwas vorlaut und irritiert die Leute. Also nicht übel nehmen."

„Aber er ist doch im Recht", setzte der eine nach, der zuvor mit Heribert angeredet worden war. „Wir sehen doch wirklich so aus, wie wenn wir nichts mehr hören und sehen könnten. Dabei, wenn ich das noch sagen darf, müssen wir schon von Berufs wegen dazu in der Lage sein, das Gras wachsen zu hören und müssen mit Argusaugen die für unsere Fächerkombination spezifischen neuesten Entwicklungen verfolgen können."

„Nun übertreibe man nicht, Heribert", versuchte der andere Herr zu dämpfen, der mit hoher Greisenstimme sprach, „Du bringst die Herrschaften ja in eine für sie ganz ungewohnte und schwer zu bewältigende Situation. Woher sollen sie denn wissen, dass wir mit den Ohren noch alles auffangen können, was akustisch in unserem Wissenschaftsbetrieb so alles umher gereicht wird, und optisch – wenn auch mit Lesebrille – immer noch alles zu erfassen vermögen, was in Laboratorien, Seminaren und Bibliotheken, zu denen wir eine fachliche Affinität haben, neu präsentiert wird?"

„Wir sind nämlich, das sollten Sie wissen, Universitätsprofessoren, jawohl. Wenn auch emeritierte, zugegeben", sprach Heribert mit Würde. Als er ihre Berufsbezeichnung verriet, machte er zwischen *Universitäts* und *professoren* eine längere Pause, wie wenn er zum Ausdruck bringen wollte, dass beide zur spezifischen Kategorie der Universitätsprofessoren gehörten und nicht etwa zu Leuten aus einer Fachhochschule oder dergleichen.

Hermann, Hermine und Lydia machten positiv erstaunte Gesichter, nickten den zwei betagten Professoren wiederholt respektvoll und freundlich anerkennend zu und setzten sich an den Nachbartisch, um einen Blick in die Karte zu werfen.

Nun waren die zwei alten Professoren von der Art, dass sie rasch mit Fremden ins Gespräch zu kommen wussten und durch Witz und Scharfsinn gefallen konnten. Der Dünkel, den sie jedoch unverhohlen und aufdringlich hervor kehrten, war zwar gewöhnungsbedürftig, hatte aber etwas Liebenswürdiges und störte nicht weiter.

Unsere drei Wanderleute kamen mit den zwei Herren von der Universität rasch ins Plaudern. Es wurde über die Griese Gegend gesprochen, auch über einige ihrer heutigen wunderlichen Einwohner, über Leute mit einem Silberblick, vom entschwundenen Egbert und den Bemühungen, Spuren von ihm aufzufinden, um ihn vielleicht irgendwann wiederzusehen. Auch unterbreiteten die Drei den zwei – wie sich herausstellen sollte – scharfsinnigen Herren ihre Idee, dass Egbert möglicherweise von ganz allein wieder auftauchen könnte.

Als dieser Punkt zur Sprache kam, lehnte sich Heribert, der eine der betagten Universitätsprofessoren, ganz nach hinten in seinen Halbsessel und legte die rechte Hand zur Gänze über seinen relativ schmalen blanken Schädel, so dass dieser von einem bis zum anderen Ohr überdeckt ward. Das sah schon recht sonderbar aus. Seine Rechte war merkwürdig groß und knochig gewachsen und bedeckte jetzt den gesamten oberen Teil seines Schädels.

Er schloss für kurze Zeit die Augen und begann eine längere Darlegung: „Siegfried, korrigiere mich, wenn es erforderlich sein sollte." Dabei warf er seinem professoralen Kollegen einen tiefen Blick zu, bewegte seine Augenlider einige Male bedeutsam auf und ab und fuhr mit gedämpfter Stimme fort – eine Vorgehensweise, dank derer er der gesteigerten Aufmerksamkeit seiner Zuhörer gewiss sein konnte:

„Ihr habt bereits einige zutreffende Überlegungen angestellt. Jedoch – und das kann Euch niemand verübeln,
weil Ihr ja im präzisen Denken in Ursache und Wirkung
im Gegensatz zu uns Universitätsprofessoren ungeübt
seid – finden sich in Euren Gedanken einige Unzuläng-
lichkeiten. Deshalb also hört: Euer Egbert traf in Eurem
Hotel unerwartet, also ungeplant, auf eine oder mehrere
Personen, die sich im Eingangsbereich Eures Hotels aufhielten. Mag sein, dass es sich dabei ebenfalls um einen
Gast Strich um Gäste dieses Hotels handelte, mag auch
nicht sein. Ich nenne diese Person bzw. Personengruppe
für alles Weitere X.“ Dabei warf er einen wichtigen Blick
in die Runde.

Soweit waren wir auch schon, dachte Hermann.

„Mit hoher Wahrscheinlichkeit“, so fuhr Heribert fort,
„war auch für X die Begegnung mit Eurem Egbert zufällig; denn anderenfalls hätte es von dieser Seite sicherlich
schon früher eine Kontaktaufnahme gegeben.“ Dann
sprach er etwas lauter und mit gehobener Stimme: „Die
Idee einer Entführung a priori kann also ausgeschlossen
werden.“ Wieder leiser werdend fuhr er fort: „Euer Egbert traf also sozusagen zufällig mit X zusammen. Das
Ergebnis dieser Begegnung war, dass Egbert mit diesen
Leuten mal eben etwas zu besprechen, etwas entgegen zu
nehmen oder etwas zu geben hatte. Ich nenne diese Aktivität ein Geschäft.“ Und erneut warf er einen wichtigen
Blick in die Runde, die stumm an seinem Munde hing.

So ähnlich hatten wir auch schon überlegt, dachte Hermann. *Nur das Wort Geschäft haben wir nicht benutzt.*

„Der Inhalt des Geschäftes ist vermutlich von erheblicher Wichtigkeit für die weiteren Abläufte, ist uns aber völlig unbekannt. Jede Überlegung über das Geschäft wäre reine Spekulation, weil wir von ihm platterdings keine Ahnung haben. Was wir sehen ist, dass zu Beginn der Begegnung mit X nicht zu erwarten war, dass das Geschäft längere Zeit in Anspruch nehmen würde; denn anderenfalls hätte Egbert Euch ja wohl unterrichtet."

Heribert machte eine kleine Pause und trank einen belebenden Schluck Wein. Hierzu nutzte er auch die rechte Hand, die während seiner Ausführung wie ein grob gehäkelter Topflappen seinen blanken Schädel bedeckt gehalten hatte. Nach dem Schluck Wein legte er die Rechte zurück auf seinen Kopf, den schmalen, weil er so wohl besser denken konnte. Er fuhr fort:

„Nun kommen wir durch scharfe Überlegung auf einen bedeutsamen Punkt. Das Geschäft, um das es ging und das zu erledigen war, wurde nämlich in Eurem Hotel in Angriff genommen, meine Lieben. Denn hätte Egbert für die Erledigung des Geschäftes das Hotel verlassen müssen, um einen anderen Ort, zum Beispiel ein anderes Hotel, aufzusuchen, hätte dies einige Zeit beansprucht und er hätte sich bei Euch zuvor abgemeldet. Egbert war also in Eurem Hotel und wurde später daran gehindert, zu Euch zurückzukehren. Die spätere Suche der örtlichen Polizei in Krankenhäusern und sonstwo war mithin von vorn herein zur Erfolglosigkeit verurteilt."

Donnerwetter, der alte Zausel hat etwas gefunden, was wir bisher so nicht gesehen haben, überlegte Hermann.

Heribert lehnte sich noch weiter zurück in seinen Halbsessel und war mit der Reaktion seiner Zuhörer zufrieden. Die hatten stumm gelauscht und zuweilen mit dem Kopf genickt.

Heribert entwickelte auf seiner Stirn eine steile Falte und fuhr fort: „Zusammengefasst: Ihr habt Egbert gesucht und nicht gewusst, dass er in Eurer Nähe im Hotel aufgehalten wurde. Wer ihn aus dem Verkehr zog, hat dies nicht von vorn herein geplant, sondern er sah sich hierzu erst nach der zufälligen Begegnung mit ihm und einem hiermit verknüpften Geschäft genötigt. Das Geschäft selbst liegt für uns noch völlig im Dunklen."

„Ja, und was bedeutet das jetzt für uns?" wollte Hermine wissen.

Heribert wusste hierauf zu antworten: „Das ist eine gute Frage, die ja erkennen lässt, dass jemand über eine zukünftige adäquate Verhaltensweise nachdenken möchte. Hierzu kann gesagt werden: Euer Egbert konnte nicht beliebig lange im Hotel versteckt werden. Die Putzfrauen kann man ein oder zwei Tage fernhalten, doch dann ist Schluss mit der Geheimniskrämerei. X musste also seinen Hotelaufenthalt beenden, und ich sage klar und deutlich, v o r z e i t i g beenden, um Egbert weiterhin unauffällig und mit Gewalt aus dem Verkehr ziehen zu können. Damit wird deutlich: Ihr müsst nach einer oder mehreren Personen suchen, die in der fraglichen Zeit den Aufenthalt in Eurem Hotel vorzeitig abgebrochen haben. Stimmt's, Siegfried? Sag auch mal was."

„Mein lieber Heribert", begann nun Siegfried, „all dies und insbesondere letzteres hast Du, im Halbsessel sitzend, mit Deinem Scharfsinn herausgefunden, Respekt. Deine analytische Kompetenz sucht ihresgleichen und ist eine für mich täglich erfahrbare Beglückung. Tatsächlich hast Du all jene Informationen eingearbeitet, die für das vorliegende Problem relevant sind. Spekulationen, wenn ich das noch sagen darf, sind Dir ja nicht selten ein Greuel. Und in Deiner Darlegung ist deshalb auch kein größeres empirisch unbelegtes Kalkül enthalten. Aber zuweilen, nicht wahr, kommen wir ohne eine Spekulation kaum weiter. Hier wäre – und das ist meine abschließende Meinung – darüber nachzudenken, was es denn gewesen sein könnte, was Du als Geschäft bezeichnet hast. Wenn wir hierüber mehr wüssten, könnte vielleicht auch die bange Frage beantwortet werden, ob Euer Egbert eines Tages wieder unversehrt auftauchen könnte."

Dass sich Egbert im Hotel für ein-zwei Tage in unserer unmittelbaren Nähe aufgehalten hat und wir dies weder gewusst noch bedacht haben, macht mir schwer zu schaffen, dachte Hermann.

So erwies sich die Einkehr in die Klause doch noch als guter Griff; denn die Argumentationen der zwei betagten Ordinarien schienen Lydia, Hermine und Hermann wohl überlegt und weiterführend zu sein.

Andalusien-Urlaub zum Zweiten

Im mittleren Teil Europas heulte von Westen her der Herbstwind auf. Die Blätter trudelten durch die Wälder, Straßen und Alleen und vereinigten sich zuweilen zu Blätterwolken, kreisenden Schwärmen gen Süden abziehender Vögel gleich, die sich hoch in den Himmel schraubten und dort um eine unsichtbare Achse drehten. Die Blätter in nördlichen Gefilden hingegen waren schon seit einiger Zeit abgefallen und faulten feucht verklebt in den Gründen. Im Süden Europas jedoch hingen die Blätter bislang grün und noch voller Leben an den Ästen und schaukelten im Wind, der nur ein Lüftchen war. Der gezügelte Hauch, der noch kein Herbstwind war, strich ruhig und ohne Hast übers Land. Mücken, Fliegen und dergleichen surrendes Getier und anderes Geziefer behinderten im Spätsommer weiterhin ungestört den Landwirt wie auch den emsigen Gärtner bei ihren erntenden und ordnenden Tätigkeiten auf staubigen Böden. Äcker und Gärten dürsteten nach einem erquickenden herbstlichen Regenguss, der jedoch zumeist ausblieb, so dass die Böden vorerst noch staubtrocken lagen.

Lydia, Hermine und Hermann waren unter dem Eindruck der Überlegungen der zwei emeritierten Ordinarien überein gekommen, unverzüglich in diesen trockenen Süden, nach Andalusien zu reisen. Ein weiterer Grund für die Reise war die Aussicht, dass dort Spätsommer war, in dem es sich im Vergleich zum Herbst von zu Hause angenehmer leben ließ.

In ihrem Hotel in Andalusien wollten sie also nach Personen suchen, die ungeplant vorzeitig ihren Hotelaufenthalt beendet und Egbert verschleppt haben könnten. Sie wollten fürs Erste jetzt im Herbst niemanden zur Unterstützung ihrer Suche hinzu ziehen. Sie beabsichtigten, mit keiner Behörde oder gar der Polizei zusammen zu arbeiten; denn sie waren der Ansicht, dass ohnehin niemand sie unterstützen werde, wenn sie darum bitten würden, nach Leuten zu fanden, die aus einem bestimmten Hotel zu einer ungefähr angebbaren Zeit ausgezogen waren. Dass jemand ein Hotel verlässt und seinen Urlaub verkürzt, ist ja nichts Besonderes und kann allgemein nicht als Grund für die Behauptung dienen, dass eine als vermisst gemeldete Person bei diesem Auszug gegen ihren Willen verschleppt wurde.

Am vernünftigsten schien ihnen, sich selbst um die Antwort der Frage zu kümmern, wer während einer bestimmten Zeitspanne ungeplant seinen Urlaub beendet hatte. Eine derartige Frage konnte man vermutlich weder telefonisch noch per Email erfolgversprechend stellen. Auf derartigen Wegen hätte man vielleicht sogar mehr verdorben als zu erreichen war; denn hätte beispielsweise ein

Angestellter des Hotels sich die Mühe gemacht, in seiner Zettelwirtschaft oder in seinen Computerdateien nach vorzeitig Abgereisten zu suchen? Wer den Süden kennt, weiß um die Antwort. Für das Erreichen des Zieles war ganz sicher die persönliche Anwesenheit erforderlich, auch weil dann auf unvorhergesehene, neu auftauchende Fragen besonnen reagiert werden konnte.

Nach wenigen Tagen der Vorbereitung auf die Reise saßen die Drei im Flieger. Nach der Landung machten sie erst einmal Quartier in dem Hotel, das ihnen seinerzeit als Urlaubsdomizil gedient hatte. Das Hotel betraten sie nicht frisch und froh ob zu erwartender genussvoller Urlaubstage. Sie schlichen eher in die Vorhalle hinein, machten grämliche Gesichter und waren froh, ohne viel reden zu müssen die Zimmerschlüssel in Empfang nehmen zu können, um sich erst einmal auf die Betten zu legen. Dabei war das Hotel sehr bemüht, ankommende Gäste freundlich und generös zu begrüßen. Sogar eine Sängerin war aufgeboten. Sie sang auf spanisch, außerordentlich künstlerisch und laut, dass ihr die Flechsen am Halse aufschwollen.

Hermann verhielt sich anders als seine zwei Grazien, die ja rasch ihr Zimmer aufsuchten. Er glaubte sich zu erinnern, dass hinter dem Empfangstresen des Hotels jemand ein freundliches Gesicht aufsetzte, das ihm schon damals, als sie hier Urlaub machten, aufgefallen war. Dort stand und mühte sich nämlich eine auffallend hübsche junge

Dame um die Wünsche von Gästen. Das junge Ding war gut gewachsen, trug einen mittelblonden Pferdeschwanz und lächelte und schwatzte – unterstützt von zwei bezaubernden Grübchen in ihrem strahlenden Gesicht – das Mufflige aus den müden Antlitzen der eintreffender Gäste fort.

„Fräulein Erika", so rief Hermann ihr sogleich von weitem zu, „wie schön, dass Sie immer noch hier sind, so wie damals im Sommer." Das Fräulein Erika setzte ihre zwei Grübchen ein und rief zu Hermann hinüber: "Nicht Erika, ich bin Gerda, und ich bin hier schon seit einigen Jahren. Einen guten Aufenthalt, Herr Meier." Und Hermann rief zurück: „Nicht Meier, Müller heiße ich. Aber Sie dürfen Hermann zu mir sagen." Dann spülte ihn der Druck der ankommenden Gäste in eine Ecke, von der aus er das Wort nicht mehr gut an Erika, nein: Gerda, richten konnte.

Erst am nächsten Tag fühlten sich Lydia, Hermine und Hermann als angekommen. Sie hatten die Anstrengung der Reise weggeschlafen und frühstückten nun im großen Speisesaal. Dort gab es sogar Sekt, den Hermine nicht stehen lassen konnte. Sie schlürfte mit verdrehten Augen einige kleine Schlucke und tat so, wie wenn sie gerade den höchsten Genuss auf Erden erleben würde.

Nach Beendigung des Frühstücks tupfte Hermann mit einer Serviette letzte Krümel aus seinen Mundwinkeln, faltete das Tuch sorgfältig und legte es ordentlich neben sich. Man hätte denken können, die Serviette wäre noch unbenutzt. Sodann wandte er sich an seine weibliche Begleitung und sprach:

„Nun sind wir hier. Und wir wissen, was wir wollen: Wir möchten wissen, wer damals vorzeitig den Urlaub beendet hat. Wir können unmöglich zur Rezeption gehen und dort bitten, man möge in den Unterlagen diesbezüglich mal nachschauen. Vom Datenschutz haben die hier ja auch schon gehört. Außerdem werden sie die von uns benötigten Unterlagen nicht zur Hand haben und müssten erst in alten Dateien suchen, im Keller oder sonstwo. Und ob die Belegungsdaten hergeben zu erkennen, wer abreiste und ursprünglich noch länger hatte bleiben wollte, wage ich zu bezweifeln. Vermutlich kann den Belegungsdaten nur entnommen werden, wer welches Zimmer für wie lange genutzt hat."

„Also, wenn Du so wenig optimistisch bist, frage ich mich, wieso Du überhaupt hierher gereist bist", warf Hermine ein. „Nun lass uns doch erst mal anfangen. Und ich weiß schon, wie wir ins Geschäft kommen."

„Sieh mal an, unsere Hermine", lächelte Hermann Lydia zu und tat so, wie wenn er nicht erwarte, dass Hermine eine kluge Vorgehensweise überlegt hatte. Doch da unterschätzte er seine Hermine.

„Mein lieber Hermann", so begann sie, „glaub nur nicht, dass ich nicht bemerkt habe, dass Du mit so einer, wie heißt sie gleich, Erika oder Gerda, frohe Worte des Willkommens gewechselt hast." Sie schaute ihren Hermann durchdringend an.

Doch der wusste nur zu sagen: „Ach, Gerda, meinst Du die mit dem Grübchen auf jeder Backe. Was ist mit der?"

„Nun, Ihr seid Euch wohl nicht fremd, Ihr habt Euch gleich wiedererkannt und freundlich begrüßt. Wäre es nicht so voll gewesen gestern Abend am Tresen, so hättet Ihr Euch wohl auch noch vor allen Leuten umarmt. Nicht dass mich das berühren würde. Das erreicht mich gar nicht, wenn Du es genau wissen möchtest." Bei letzterer Bemerkung stieß sie Lydia vertraulich in die Seite und lächelte ihr verschmitzt zu.

„Aber für unser Anliegen ist es gar nicht mal schlecht, mein Hermann, dass Du sie kennst", fuhr sie fort. „Vielleicht kannst Du sie dazu überreden, dass sie die Gäste nicht nur anlächelt und bei Laune hält, sondern dass sie sich anderweitig nützlich macht und für uns etwas erledigt? Nämlich etwas aus den Unterlagen des Hotels raus sucht?"

„Also nee, Hermine, da überschätzt Du aber meine Möglichkeiten. Ich kenne das junge Ding nur vom Hallo-Sagen und vom Reden über das Wetter. Sonst haben wir keine Berührungspunkte."

„Du sollst sie ja auch nicht gleich berühren oder andatschen, mein Bester", gluckste Hermine, „Deine Aufgabe wäre, dass Du sie irgendwie dazu bringst, dass sie uns einen Gefallen tut. Du kannst ja auch lügen – was Dir gewiss nicht schwer fallen wird. Du kannst ja sagen, dass wir letzten Sommer von gewissen Leuten versehentlich dies oder das, zum Beispiel einen Damenrasierer oder ein Buch, geborgt haben und nicht mehr zurückgeben konnten, weil sie damals plötzlich und unvorhergesehen vorzeitig abreisen mussten."

Lydia, die bislang schweigsam zugehört hatte, äußerte nun: „Donnerwetter, Hermine, das ist eine gute Idee. Und Hermann ist ja flexibel und ideenreich, so dass es vielleicht auf diesem Weg klappen könnte. Hermann muss übrigens noch eine Ausrede parat haben, wenn er beispielsweise gefragt wird, in welchem Bereich des Hotels unsere Bekannten denn ihr Zimmer hatten. Auch kann er ja nicht die Anzahl der gesuchten Personen angeben, ob wir zum Beispiel nach zwei Männern und einer Frau suchen. Auch kann er schon gar nicht deren Aussehen oder Gewohnheiten beschreiben. In diesen Punkten müssen wir noch sorgfältig überlegen, bevor wir ihn auf die Dame mit den Grübchen loslassen."

„Seht Ihr", äußerte Hermann erleichtert, „es ist alles gar nicht so einfach. Wenn ich tatsächlich mit dieser Gerda oder Erika reden soll, dann müssen wir zuvor auf all die gerade angesprochenen Dinge eine überzeugende Antwort haben, damit ich nicht sofort als Schwindler auffalle."

„Dazu fällt mir nur ein", sagte Hermine, „dass Hermann nach Möglichkeit präzisen Fragen ausweichen sollte oder, wenn dies nicht möglich ist, bei seiner Antwort im Allgemeinen und Unverbindlichen bleiben sollte. Wenn diese Gerda oder Erika zum Beispiel wissen möchte, in welchem Bereich des Hotels unsere damaligen Bekannten ihr Domizil hatten, dann kann er ja sagen, dass er das nicht mehr genau weiß, auch weil wir seinerzeit diesen Leuten keine privaten Besuche auf dem Zimmer gemacht hatten, sondern dass wir uns mit ihnen lieber an der Bar oder sonstwo getroffen haben. Und um wie viele Personen handelte es sich bei unseren Bekannten? Ich denke, auch hier müssen wir im Ungefähren bleiben und geschickt eine Nebelkerze werfen: Hermann sagt einfach, dass ein Pärchen dabei war – dies wird nicht ganz falsch sein – und dann fügt er hinzu: wenn man die anderen, mit denen wir auch bekannt waren, mal weg lässt. Also dumpf antworten muss er, unklar bleiben, um den heißen Brei reden und rasch das Thema wechseln, wenn es brenzlig wird. Anders wird es nicht gehen."

„Klug scheißen konntest Du schon immer am besten, Hermine", lachte da Hermann, „vielleicht sollten wir Dich zu den zwei Grübchen schicken."

Die drei Urlauber beratschlagten im Frühstücksraum des Hotels noch eine ganze Weile, bis sie der Ansicht waren, für alle denkbaren Schwierigkeiten einen unverdächtigen Ausweg gefunden zu haben. So gewappnet, machte sich Hermann auf die Suche nach dem Fräulein Gerda oder Erika.

Hermann spürte Gerda hinter dem Tresen am Empfang des Hotels auf. Es gelang ihm rasch, das Gespräch auf die gesuchten Bekannten zu lenken, die im letzten Sommer überraschend ihren Urlaub abgebrochen hatten und denen man den ausgeborgten Rasierapparat und ein Buch nicht mehr zurückgeben konnte. Ja, wie heißen diese Leute und welche Heimatanschriften haben sie? Das war die Frage. Für die erhoffte Antwort konnte Hermann als unterstützende Angabe lediglich die zwei Tage nennen, innerhalb derer sie den Urlaub beendeten.

„Also hier checken jeden Tag bestimmt zwanzig oder dreißig Partien aus", gab Gerda zu bedenken. „In den zwei Tagen, die Sie genannt haben, waren es also ungefähr sechzig Schlussrechnungen, die man sich ansehen müsste. Natürlich kann ich Ihnen die nicht ausdrucken und zur Verfügung stellen. Dem steht der Datenschutz entgegen. Was machen wir?"

Hermann kratzte sich hinter dem Ohr und meinte: „Vielleicht steht bei einer Rechnung ein Storno für den gemieteten und nicht genutzten Aufenthalt. Man kann ja nicht anmieten und dann nach einigen Tagen einfach wieder abreisen. Irgendwelche Kosten wird das Hotel dem Gast schon aufgebrummt haben."

„Dann kennen Sie uns aber schlecht. Unser Haus ist zwar genau, aber auch generös", kaprizierte sich Gerda. „Aber schauen wir mal."

Und tatsächlich zauberte Gerda Namen, Anschriften und Abrechnungen jener Hotelgäste auf den Bildschirm, die in der fraglichen Zeit ausgecheckt hatten. Gerda blickte lange Zeit und wortlos auf den Schirm. Nach einiger Zeit zog sie eine Lesebrille aus ihrer Handtasche und blätterte weiter in den Daten. Sie schüttelte dabei fortwährend ihren bezaubernden Kopf.

„Sachen gibt es", murmelte sie an einer Stelle. „Hier hat uns doch tatsächlich ein Gast um einen Rollstuhl gebeten, den wir offenbar auch besorgen konnten und der später zurückgegeben wurde. Da hat wohl jemand zu viele lauwarme Gambas gegessen, von denen einige nicht mehr gut waren, so dass jemand ins Spital gekarrt werden musste, haha."

Wie elektrisiert schaute Hermann nun Gerda an. In einem Rollstuhl konnte auch eine betäubte Person transportiert werden!

Zu Gerda sagte er: „Was waren das für Leute? Vielleicht waren dies ja schon die Gesuchten und sie reisten vorzeitig ab, weil es jemanden nicht gut ging. Das würde die plötzliche Abreise erklären."

„Schon möglich, Hermann", sinnierte Gerda. „Vielleicht sind dies ja die Leute, die sie suchen. Es passt auch, dass es Deutsche sind; denn Ihre Bekannten waren doch Landsleute?"

„Es könnte passen. Gerda, sind Sie so gut und schreiben mir Namen und Anschrift auf einen Zettel. Den Datenschutz verletzen wir so ja nicht, weil wir nichts über die Rechnung wissen wollen."

„So einfach ist es nicht", lächelte Gerda und zeigte ihre Grübchen. „Namen und Anschriften von Hotelgästen dürfen wir nicht rausgeben. Aber ich kenne einen Kniff!"

Sie drehte den Bildschirm so, dass Hermann Einsicht in die Daten erhielt, und zeigte mit ihrem schlanken Ringfinger der Linken auf eine Zeile. Hermann notierte in Windeseile die Daten, die er benötigte, schob eine Banknote über den Tresen, kniff ein Auge zu und verabschiedete sich rascher als er gekommen war.

Auf der Fährte von Egbert

Hermann war nach Beendigung der letzten Reise nach Andalusien wieder einmal auf dem heimatlichen Golf-platz unterwegs. Dieses Vergnügen gönnte er sich, gäbe es auch noch so drängende anderweitige Verpflichtungen. Schon seit einem Jahr ging er allerdings zumeist allein und insoweit leicht vereinsamt seinem geliebten Sport nach. Im Grunde missfiel ihm das Spiel ohne Partner. Allenfalls konnte er beim Golf noch auf seine Hermine verzichten; denn diese spielte oft besser als er und verdarb ihm somit nicht selten das angestrebte sportliche Erfolgs-erlebnis. In Begleitung zum Beispiel von Egbert waren die Stunden auf dem Platz demgegenüber zwar auch nicht erfolgreicher gewesen, doch die Stunden mit Egbert waren stets gesellig und anregend. Egbert jedoch war entschwunden und einen Ersatz für ihn konnte Hermann bislang nicht finden – wenn wir einmal von jenen Gelegenheitsbekanntschaften absehen, die mit Hermann zwar das Tages-Du austauschten, aber ansonsten im Ungefähren verharrten.

Doch vielleicht saß dort, schräg gegenüber auf einer Ruhebank, ein möglicher neuer Partner für Hermann? Dort hatte es sich jemand bequem gemacht, den Hermann flüchtig kannte und der ihm aber ganz sympathisch war, nicht zuletzt wegen seiner Stellung im Golfclub. Dort saß und verweilte nämlich Eduard, der erste Vorsitzende des Clubs.

Hermann nickte ihm freundlich und wiedererkennend zu. Doch Eduard vermochte sich seinerseits kaum an Hermann zu erinnern und vollführte mit beiden Armen zunächst schwer zu interpretierende Bewegungen, die bei gutem Willen auch als Einladung gedeutet werden konnten; denn er wies unter anderem auf den freien Platz neben sich.

Eduard entbot, um gleich ein markantes Detail von ihm zu erwähnen, eine imposante Glatze. Diese war mit zahlreichen runden Schweißperlen überzogen, die er emsig mit einem bunten Lappen abwischte. Dabei öffnete er gequält seinen kleinen runden Mund, schaute in die Weite und seufzte vernehmlich. Dies entsprach augenfällig einer seiner Eigenarten, die besagte, dass er zu keiner klaren Aussage fähig war. Gespräche mit ihm waren deshalb auch gewöhnlich unergiebig.

Woran das lag? Nun, Eduard war ganz gewiss nicht von hoher Intelligenz. Im Grunde war er sogar dumm, wurde im Golfclub von manchem geäußert – zumal von jenen, die ihm sein Amt des ersten Vorsitzenden neideten. Doch war er nun wieder nicht so dumm, als dass er sich selber für einen klugen Menschen gehalten hätte. Nein, er konnte seine Grenzen recht gut einschätzen und beendete einfach ein Gespräch, wenn es drohte, ihm über den Kopf zu wachsen. Verfressen war er auch noch; ihn zierte ein kugelrunder Bauch. Von weitem konnte man meinen, dass er eine Trommel vor sich herschiebe. Einige sagten deshalb, wenn sie ihn sahen: Dort kommt Eduard, die Trommel.

Nach kurzer Begrüßung begann Eduard unversehens das Gespräch. „Gestern hatten wir Linsensuppe, prächtige Linsensuppe, jawohl."

Hermann stutzte und dachte bei sich: *Linsensuppe, aha. Aber was geht mich seine Linsensuppe an?*

Eduard vertiefte seine Einlassung mit der Erläuterung: „Wissen Sie, Linsensuppe schmeckt erst so richtig, wenn ein Lappen Bauchspeck mit gekocht wird! Meine Frau legt sogar zwei Stück Bauchlappen rein, allerdings nur kleine!" Eduard verdeutlichte seine Aussage dadurch, dass er mit seinen beiden Händen ungefähr das Ausmaß der erwähnten Bauchlappen beschrieb. Zufrieden blickte er auf seinen Gesprächspartner, was der wohl dazu zu sagen habe.

Bauchlappen? Zwei kleine? Worauf will der hinaus? dachte Hermann beunruhigt. „Von einer Linsensuppe", so hakte er sich nun vage ins Gespräch ein, „verstehe ich eher wenig. Ich bin mehr für Entensuppe oder die vom

Huhn." Er log gnadenlos, nur um etwas zu sagen. *Wenn doch nur Hermine hier wäre. Die hätte gewusst, wie man mit einem derartigen Thema fertig wird.*

„Nein", lächelte der erste Vorsitzende Eduard unklar und wandte sich Hermann in voller Breite zu, seine Linke vertraulich auf dessen rechten Arm legend und mit seiner Rechten den bunten Lappen für den Schweiß auf seiner Glatze nutzend, „gut dass Sie darauf hinweisen: Hühnerfleisch hat in der Linsensuppe nichts zu suchen, nein, auf keinen Fall. Allenfalls noch angeräucherte Mettwurst, aber die passt eher zur Erbsensuppe. Wie denken Sie darüber, mein Freund?"

Hermann war einigermaßen konsterniert und wusste zunächst nicht, was er zu Eduards Darlegung sagen sollte. *Wenn doch nur Hermine hier wäre*, dachte er erneut und überlegte fieberhaft, wie er aus dieser Nummer herauskommen könnte. „Na, ja", fing er an zu räsonieren, „angeräucherte Mettwurst und dergleichen verwenden wir zu vielen Gerichten. Zu Suppen, zum Frühstück, zum Vesper ..."

„Nun sagen Sie bloß!" lachte Eduard auf und rückte näher an Hermann heran, der sich seinerseits mühte, seinen Arm aus der Umklammerung von Eduard zu lösen. „Vom Vespern war hier allerdings nie die Rede, mein Freund, vom Vespern habe ich keineswegs gesprochen." Und erneut tupfte er mit seinem großen bunten Lappen auf die

Schweißperlen seiner ausladenden Glatze. Und er fuhr konfus fort: „Mit Verlaub, Erbsensuppe ist doch eher etwas für die kühle Zeit. Linsen aber, die essen wir auch im Sommer einmal pro Woche. Jawohl, mit Bauchspeck. Und montags, das ist richtig, montags gibt es Linsensuppe."

Dann löste sich der erste Vorsitzende Eduard von Hermann, legte die Arme bequem auf seine Trommel und ergänzte freundlich: „Soviel zu Ihrer Frage, mein Freund. Und nun guten Tag!"

Damit konnte sich Hermann als entlassen ansehen. *Hatte ich eigentlich was gefragt?* versuchte der sich zu erinnern. Eduard hatte sich wohl an der Grenze seiner Möglichkeiten gesehen und deshalb das Gespräch kurzerhand beendet. Stumm und sehr erleichtert erhob sich Hermann, vollführte eine drittel Verbeugung und setzte ernüchtert die unterbrochene Runde des Golfspiels fort.

Hermann hatte seine Golfrunde gegenüber Lydia und Hermine mit einem Machtwort durchsetzen müssen. Wenn es nämlich nur nach Lydia und Hermine gegangen wäre, hätte sich Hermann nicht auf dem Golfplatz herumtreiben dürfen, sondern er hätte sich um die Vorbereitung der nächsten Reise kümmern müssen; denn Lydia und Hermine drückten aufs Tempo, was die weitere Suche nach Egbert anging. Doch Hermann bremste mit seinem „Gemach, Gemach" und verbreitete die Ansicht, dass blinder Aktionismus der falsche Weg wäre, um näher an Egbert heranzukommen. Hermann vertrat vielmehr die Meinung, dass erst einmal gründlich nachgedacht werden sollte, bevor weitere Schritte gegangen werden dürften.

Zu diesem Zwecke hatte Hermann die zwei Grazien zu einem Gespräch geladen und dabei erst einmal dafür gesorgt, dass vernünftige Getränke auf den Tisch kamen: Bier, Wein und Brause sowie Fencheltee, letzterer mit Honig zum Süßen.

Nach einiger Zeit anspruchsloser Plauderei und genussvollen Nippens an den Gläsern und Tassen kam Hermann auf den Punkt. „Wisst Ihr", so begann er, „schade, dass unsere zwei Professoren nicht mit uns hier am Tisch sitzen. Die hätten doch sicherlich eine begründete Vorstellung davon, wie wir jetzt verfahren sollten. Deren klugen Überlegungen haben wir ja im Grunde zu verdanken, dass wir in unserem andalusischen Hotel zielgerichtet nach Personen geschaut haben, die in Frage kamen, mit Egberts Entschwinden etwas zu tun zu haben. Nun haben wir Namen von drei Personen – ein Ehepaar und deren Sohn, wie Ihr wisst, – und deren gemeinsame Adresse, doch dies bedeutet natürlich nicht, dass wir zu denen einfach hinfahren, an der Türe klingeln und nach Egbert fragen sollten."

„Nicht?" fragte Hermine und sah Ihren Hermann aufmunternd an.

„Nein, natürlich nicht. Es könnte beispielsweise sein, dass die uns wiedererkennen; denn die Familie und wir waren ja vermutlich gemeinsam einige Tage in diesem andalusischen Hotel, so dass wir uns wiederholt über den Weg gelaufen sein könnten."

„Und Dein Charakterkopf wird sich den Leuten nachhaltig eingeprägt haben", witzelte Hermine.

„Ich habe eine Idee, die gleich wieder zu verwerfen ist", schaltete Lydia sich ins Gespräch ein. „Wir könnten eine fremde Person hinschicken. Doch hierfür bedarf es gründlicher Vor- und Einarbeitungszeit, was mir nicht gefällt, so dass wir hiervon Abstand nehmen sollten. Wie wär's aber damit, wenn wir bei den Leuten selbst aufkreuzen? Zuvor müssten wir uns natürlich äußerlich so verändern, dass man uns nicht wiedererkennt. Hermann könnten wir einen Bart aufkleben und eine Glatze verpassen, Hermine könnten wir mit einer Perücke in eine brünette Dame verwandeln und ich könnte mich ebenfalls unkenntlich machen. Wir sollten vielleicht erst einmal zu Inge gehen, die ja in der Maske unseres Theaters tätig ist. Der wird schon etwas einfallen. Es ist ja ihr Job, Leute zu verkleiden."

„Also weißt Du", antwortete Hermine, „Budenzauber mit falschen Bärten, Perücken und Schminke ist nicht so mein Fall. Wie schnell kann die Perücke verrutschen, sich der Bart schräg stellen und die Schminke verlaufen. Da muss uns etwas Besseres einfallen." Und trank entschlossen einen großen Schluck Bier.

„Die Verkleidungsnummer gefällt mir auch nicht", äußerte sich Hermann und schaute unschlüssig in Richtung der von ihm besorgten Getränke. „Und, da bin ich bei Lydia, eine fremde Person zu beauftragen, ist auch nicht mein Ding."

„Und welches Dingen ist Dein Ding?" blaffte ihn seine Hermine an. „Lasst mich mal laut nachdenken", begann Hermann und schenkte sich etwas vom Weißen Burgunder nach, dem aus dem Markgräfler Ländle. „Wie wäre es, wenn wir einfach so hinfahren, so wie wir sind, ohne falschen Bart und Perücke? Wir können uns ja sehr im Hintergrund zurückhalten und erst einmal die Lage peilen. Beobachten, meine ich. Vielleicht bemerken wir etwas? Kontakt mit den Leuten sollten wir ohnehin nicht sofort aufnehmen. Das muss sich entwickeln. Nur keine zu schnellen oder gar verräterischen Schritte. Wenn es hart auf hart kommt, müssen wir ohnehin mit der Polizei zusammenarbeiten."

„Das ist nun mal wieder typisch Hermann", unkte Hermine, „nichts vorbereiten, sich faul irgendwo einmieten und hinter der Gardine lauern in der Hoffnung auf eine bahnbrechende Beobachtung."

„So schlecht ist dieser Vorschlag aber gar nicht", äußerte nun Lydia. „Auf diese Weise vergeben wir uns nichts und können in Ruhe die Lage peilen. Mir gefällt Hermanns Vorschlag besser als meine Idee mit dem falschen Bart."

Hermann strich geschmeichelt sein Haupthaar nach hinten und guckte Hermine provokant an. Die nahm noch einen Schluck des kühlen Bieres, wischte sich den Mund und nickte: „Vielleicht ist Hermanns Vorschlag doch nicht so schlecht. Einverstanden."

Und so bereiteten die Drei erneut eine Reise vor, um weiter nach Egbert zu suchen. Dieses Mal war das Reiseziel durch die Anschrift von drei Personen vorgegeben.

Sie mussten ins Norddeutsche reisen, bis an die Ostsee. Dort, in einem Flecken mit dem Namen Rettin, in der Nähe von Neustadt an der Ostsee an einem schönen Sandstrand mit kleinen Dünen, wohnten die Personen, die sich in Andalusien insofern verdächtig gemacht hatten, als sie ihren Urlaub vorzeitig abgebrochen und einen Rollstuhl verwendet hatten.

Der Strand von Rettin war so belassen, wie ihn die Natur erschaffen hatte. Dort gab es überreichlich feinen Sand, einige Flintsteine und ein wenig verfaulenden Seetang. Letzterer wurde gewöhnlich vor der Saison mit einem Pferdefuhrwerk abgeholt und als Dünger auf die Felder verstreut. Der Ostseesand, der sich anfühlte wie Raffinadezucker, war blendend weiß und wesentlich feiner im Korn als der von der Nordsee oder gar der scharfe Schmirgel vom Mittelmeer. Dafür blieb er gern an der Haut kleben und fand dann – wenn zur Nacht nicht geduscht wurde – unangenehmerweise den Weg ins Pfühl.

Versandet war auch der sogenannte Bunker, eine Hinterlassenschaft aus dem zweiten Weltkrieg. Am schönsten Teil des Strandes zwischen Rettin und Pelzerhaken, einem ebenfalls liebenswerten und kleinen Badeort vor Neustadt, rottete ein mächtiger in den Boden eingelassener Betonbunker vor sich hin, wohl an die 30 Meter lang und 10 Meter breit. Hier wurde, so erzählte sich die Jugend, einst geübt, wie am besten mit Torpedos gezielt und geschossen wird und wie man mit Sauerstoffflaschen und einem Taucheranzug unter Wasser zurecht kommt. Die Mädels und Jungens aus der Umgebung hatten den Bunker jetzt in der Friedenszeit in Besitz genommen und ihre Badetücher dort in den Windschatten ausgebreitet, wo sich der hingewehte feine Sand hoch und weich aufgetürmt hatte.

In Rettin gab es nun leider kein größeres Hotel, in das man absteigen und sich einige Tage unauffällig hätte aufhalten können. Einige Kilometer entfernt, unweit des Bunkers in Pelzerhaken, gab es jedoch ein mittelgroßes Hotel. Dort stiegen die drei nach Egbert Suchenden ab.

Sie verabredeten, keineswegs zu Dritt in Rettin herum zu schnüffeln. Das wäre zu auffällig gewesen. Sie vereinbarten, einzeln als harmlose Spaziergänger durch Rettin zu schlendern. Hierbei könnte zum Beispiel der örtliche Bäcker eine geeignete Tarnung abgeben; denn verdächtig macht sich jemand ja nicht, wenn er etwas Backwerk ersteht, eintütet und damit an einem bestimmten Haus vorbei geht und die Blicke schweifen lässt.

Lydia ward auserkoren, zum Rettiner Bäcker zu gehen und mal zu gucken, was an dem Haus zu sehen ist, in dem die drei Gesuchten wohnten. Hermine kam für diesen Gang weniger in Frage, weil sie zu auffällig proportioniert war, ein Blickfang für die Einwohner und Gäste. Und Hermann kam ebenfalls weniger in Frage, weil er ein stattlicher Mann war und ebenfalls geeignet war, neugierige Blicke auf sich zu ziehen. Lydia war zwar ebenfalls nett anzusehen; sie gab für Fremde jedoch keinen Anblick ab, der wesentlich reizvoller gewesen wäre als der gebräunter Feriengäste.

Lydia schlenderte also mit einer Tüte voller Brötchen gemächlich an dem Haus vorbei, in dem die drei Gesuchten leben sollten. Das Haus war niedrig und mit Stroh gedeckt. Der Vorgarten war sandig und klein; er beherbergte wild wachsende Stranddisteln und fleischige Halbkakteen, durchaus einnehmend anzusehen. Im und am Haus war niemand zu sehen. Es war ja auch erst gegen 16 Uhr; und wer berufstätig war, würde ja vermutlich außer Haus sein. Lydia verlangsamte ihren Schritt und schielte in Richtung der Fenster, die leider durch weiße Gardinen verhängt waren und keinen Einblick ins Innere des Hauses zuließen. Geräusche waren ebenfalls nicht auszumachen. So ging Lydia langsam die Straße weiter und traf am Ortsende mit Hermann und Hermine zusammen, die in ihrem Auto gewartet hatten.

„Leider nichts", musste Lydia berichten. „Niemand scheint zu Hause zu sein. Alles ist stumm und schaut irgendwie verrammelt aus. Das Haus ist wohl recht wertvoll; es passt zur hiesigen Bebauung und hat einen netten natürlichen Vorgarten. Wenn Egbert in diesem Haus sein sollte, werden wir an ihn vermutlich nur heran kommen, wenn sonst niemand in der Nähe ist, so wie jetzt gerade."

Hermann kaute an der Unterlippe und sinnierte: „Du meinst also, jetzt wäre tatsächlich eine Gelegenheit, ins Haus einzubrechen und nach Egbert zu suchen? Das ist für mich etwas zu schnell. Beobachten wollten wir doch erst, nicht gleich einbrechen und gegen Recht und Ordnung verstoßen."

„Ich habe mal einen Film gesehen", meldete sich Hermine zu Wort, „in dem wurde der Kontakt zu einer festgehaltenen Person dadurch hergestellt, dass jemand eine Melodie pfiff, die diese festgehaltene Person kannte und eindeutig in Verbindung mit dem bringen konnte, der die Melodie pfiff. So wurde ein Kontakt hergestellt."

„Das funktioniert nur im Film", lachte Hermann. „Du wirst Egbert nicht dadurch wecken, dass Du die Lippen spitzest und eine Melodie pfeifst. Da muss uns schon etwas Solideres einfallen."

„Wir müssen Geduld haben und öfter als nur einmal an diesem Haus vorbei gucken", sagte Hermine. „Am besten gehen wir in unser Hotel zurück und setzen uns in eine ruhige Ecke zum Kaffee. Etwas später, so um 18 Uhr, kann Lydia ja noch einmal ihr Glück versuchen. Was meint Ihr?"

Alle waren einverstanden und fuhren für eine Weile zurück ins Hotel. Doch auch beim späteren zweiten Anlauf von Lydia hatten sie kein Glück. Alles lag noch wie ausgestorben. Kein Laut von einem Egbert.

Es ging noch ein weiterer Tag ins Land. Hermine und Hermann wurden bereits ungeduldig. Doch dann, plötzlich an einem frühen Vormittag, bewegte sich etwas in dem kleinen Haus. Zuvor war bereits die Hausbeleuchtung innen wie auch teilweise außen angegangen. Die Haustür öffnete sich und ein mittelgroßer Mann mit einem runden Pausbackengesicht sowie eine kleine hagere Dame traten hervor. Lydia ging langsam und uninteressiert an beiden vorbei und hielt ihre Brötchentüte fest in beiden Händen.

„Moin-moin", grüßte der mittelgroße Mann zu Lydia hinüber und fügte noch hinzu: „Einen guten wünschen wir!"

Lydia nickte verlegen und ging langsam weiter.

Dann bemerkte sie, dass der Mann die Garagentür öffnete, einen dort stehenden Rollstuhl zusammenfaltete und im Auto verstaute. Alsdann fuhr er aus der Garage heraus und ließ seine Frau zu sich einsteigen. Letzteres konnte Lydia nur noch schielend aus den Augenwinkeln beobachten; denn sie ging mit ihrer Brötchentüte langsam weiter, weil sie ja nicht durch neugieriges Gaffen auffallen wollte.

„Also Egbert saß nicht drin", erklärte sie Hermine und Hermann, denen sie umgehend berichtete.

„Und im Haus war nichts zu hören?" fragte Hermine.

„Mucksmäuschenstill war es dort", bestätigte Lydia.

„Wir müssen nun in aller Ruhe abwarten, was mit dem Rollstuhl geschieht", entschied Hermann. „Ob der Rollstuhl etwas mit Egbert zu tun hat, wissen wir nicht. Ehrlich gesagt kann ich mir das auch nicht vorstellen; dennoch, die Leute und ihr Rollstuhl sind die einzige Spur, die zu Egbert führen könnte. Deshalb müssen wir in Erfahrung bringen, wie es dort hinten in dem Haus weitergeht. Wie es aussieht, müssen wir jetzt das Haus und die

Umgebung genau im Visier behalten. Lydia kommt für die weitere Beobachtung erst mal nicht weiter in Betracht; denn an sie werden sich die Leute erinnern, wenn sie ihnen über den Weg läuft. Jetzt müssen Hermine oder ich mal ran. Was meint Ihr?"

Rasch wurde entschieden, dass Hermann noch am unverdächtigsten aussah; so fiel die Wahl auf ihn. Er legte sich seinen hellen Staubmantel über die Schultern, hängte sich eine Kamera um den Hals und schlurfte mit seiner grauen Flatterhose, insoweit gut als Tourist erkennbar, in die Nähe des Hauses, das es zu beobachten galt. Da die Einwohner des Hauses dieses ja soeben mit dem Auto verlassen hatte, konnte Hermann davon ausgehen, dass sich dort wohl niemand mehr aufhielt – außer vielleicht Egbert. Deshalb ging Hermann ganz in die Nähe des Hauses und versuchte, zwischen einen Spalt der Gardinen hindurch zu sehen. Dies war möglich, doch war nichts Aufregendes zu erkennen: Ein großer Fernseher, ein Sofa, zwei Sessel und ein abgeräumter Wohnzimmertisch mit einer Obstschale, in der ein alter Apfel lag. Dass hier jemand gefangen war, schien nahezu ausgeschlossen zu sein.

Hermann ging alsdann entschlossen rasch einmal hinter das Haus. Dort sah er eine sehr schöne Terrasse und einladende Gartenmöbel. Ein Verlies, in dem Egbert schmachten würde, war auch mit sehr viel Fantasie weder im noch am Häuschen auszumachen.

Rasch ging Hermann wieder zurück und hielt sich die nächste Zeit auf der Straße in der Nähe des zu beobachtenden Hauses auf. *Das sieht mir aber nicht danach aus, dass Egbert hier irgendwo in einem Verlies schmachtet,* dachte Hermann. *Vielleicht sollte ich die Leute direkt ansprechen, um Klarheit zu erreichen.Durch bloße Beobachtung werden wir wohl nicht weiter kommen.*

So vertrödelte er die Zeit. Er wartete darauf, dass sich hier irgendetwas tat. Er vertrieb sich die Zeit auch damit, dass er Blümchen, Häuser und wilde Kakteen fotografierte. Hier war der Vorgarten des zu beobachtenden Hauses aus zwei Gründen ein geeignetes Objekt. Zum einen enthielt der Vorgarten tatsächlich einige sehenswerte Exemplare der unter Naturschutz stehenden Stranddistel. Zum anderen war seine Beschäftigung mit den Pflanzen im Vorgarten des verdächtigen Hauses eine Möglichkeit, beim späteren Eintreffen der Bewohner desselben mit diesen zwanglos ins Gespräch zu kommen.

Nach längerer Wartezeit tat sich etwas. Das Auto der verdächtigten Familie bog um die Ecke und rollte in Richtung der Garage des Hauses. Hermann ging elegant einige Schritte zur Seite und signalisierte mit seiner Körpersprache, dass man fahren könne, ohne ihn zu verletzen. Dabei setzte er sein freundlichstes Gesicht auf. Der Fahrer des Autos ging, nachdem er vor dem Garagentor zum Stillstand gekommen und gewandt ausgestiegen war, fröhlich auf Hermann zu, wie wenn er ihn schon lange kennen würde. Möglicherweise bekam er aber auch selten Menschen zu Gesicht, so dass sich nun die Gelegenheit bot, mit jemandem einen kleinen Schwatz zu beginnen; denn der Mensch im Norden redet zwar nicht viel – aber wenn, dann redet er gern und mit Bedacht.

„Hallo, Sie stören nicht, wir brauchen nicht viel Platz", rief er Hermann zu. „Wir müssen nur noch den Rollstuhl von hinten rausnehmen, dann ist das Tageswerk getan." Dabei lachte er froh über sein ganzes rundes Pausbackengesicht.

„Ach", ließ sich Hermann vernehmen, „sie haben Ihre Oma in einem Rollstuhl ausgefahren? Wie schön für die Oma, so kommt sie auch mal wieder raus in die schöne Natur, gelt."

„Wir schieben keine Oma durchs Gelände, sondern meinen Vater, den Senior der Familie", verbesserte das Pausbackengesicht.

„Ja, er will immer mit", schaltete sich nun die hagere Frau des Pausbäckigen ein. „Wir tun das gern. Wer weiß, wie es uns später mal geht."

„Er hat uns hartnäckig genervt, dass wir mit ihm heute zum Strand fahren, weil es dort ja eine Marienkäferplage gibt, die er sich ansehen wollte", erzählte das Pausbackengesicht und schüttelte unsicher seinen Kopf. „Es gibt in diesen Tagen hier Millionen von Marienkäfern. Die Tiere, die noch leben, surren durch die Gegend, setzen sich auf Arme und Beine und kneifen. Tiere, die tot sind, bedecken unten am Strand die Wege knöcheltief, so dass diese freigeschaufelt werden müssen."

„Das ist ja toll", wusste Hermann nur zu sagen. „Und woher kommen die Viecher und wohin fliegen die?"

„Keine Ahnung, warum die sich so stark vermehrt haben. Das kommt hier schon mal vor, ist aber selten und bald ist der ganze Spuk auch wieder vorbei. Wir warten auf Landwind, dann werden die Marienkäfer aufs Wasser getrieben, Richtung ehemalige Ostzone. Wenn sie nicht mehr können, stürzen sie ab und ersaufen in der Ostsee. Dann sind sie wieder weg."

„Das ist so ähnlich wie mit den Rapskäfern, dem kleinen schwarzen Geziefer", schaltete sich die Frau ein. „Zur Rapsblüte gibt es hier so viele, dass man nicht mit einer gelben Bluse rausgehen sollte. Denn dann kommen die Käfer, weil sie denken, dass die Bluse ein Bündel Rapspflanzen ist, und setzen sich auf die gelbe Bluse. Das ist ganz schrecklich. Erst wenn wir Landwind haben, sind sie wieder weg."

Einer plötzlichen Eingebung folgend schoss Hermann nun eine brisante Frage ab: „Und wie geht es Egbert?"

Das Pausbackengesicht guckte Hermann verdutzt und fragend an und die Hagere sagte: „Wen meinen Sie? Egbert? Wir kennen keinen Egbert. Ne, das tut uns leid."

„Kann ich Ihnen auch nicht sagen, wie es ihm geht", pflichtete das Pausbackengesicht bei. „Wir kennen keinen Egbert."

Hermann hatte die Reaktion der zwei Personen aufmerksam beobachtet. Er musste feststellen, dass diese sich ganz und gar unauffällig verhielten. Niemand war überrascht, keiner der zwei guckte verdächtig, alles verlief im völlig Normalen. Hier verbarg niemand etwas.

Hermann berichtete etwas später seiner Hermine und Lydia vom Resultat seiner Bemühungen. „Ich bin sicher: Die Spur, die wir hier verfolgen, führt nicht zu Egbert. Die Leute haben mit ihm nichts zu tun. Die Fährte hier ist keine, sie ist – was Egbert betrifft – tot wie ein rostiger Nagel. Leider und basta. Wir sollten abbrechen und wieder nach Hause fahren."

Und was nun?

Zu Hause war alles wie immer: Niemand hatte eine Idee, wie man weiterhin bei der Suche nach Egbert verfahren sollte. Hermine schaute des öfteren ratlos zu Lydia und Hermann, Lydia verstummte nahezu vollends und Hermann war auch mit seinem Latein am Ende. Er schwieg ebenfalls, nachdem sein Gedanke, noch einmal Rat bei den zwei klugen Professoren einzuholen, im Grunde ohne stichhaltige Begründung von den zwei Grazien verworfen worden war. Und was nun?

Die drei nach Egbert Suchenden hatten sich wieder einmal zu einer Besprechung versammelt. Dieses Mal war Lydia die Gastgeberin. Das war, wie Hermann zu recht vermutet hatte, eine für Hermine und ihn vorteilhafte Sache; denn Lydia verstand es ganz ausgezeichnet, das leibliche Wohl ihrer Gäste zu bedienen.

So lachte Hermann sofort der geräucherte Aal an, der auf einer silbernen Platte lag – ein armlanger glatter Fisch, am Kopf wohl dicker als zwei Daumen breit. Der Aal war bereits in kleine Stücke zerteilt, wobei die Schnitte mit einem offenbar sehr scharfen Messer ausgeführt worden waren; denn die Aalstücke wiesen an den Rändern feine und glatte Schnittstellen auf, keine Sägezähne. Hermann bemerkte diese Einzelheit mit Respekt; denn Schnitte mit einem stumpfen oder auch nur normal scharfen Messer können das zarte Aalfleisch beim Schnitt durch die harte Wirbelsäule zerquetschen und somit den kulinarischen Hochgenuss etwas herabsetzen.

Hermann verstand etwas von Aalen. Er prüfte den Duft des im Rauch des Buchenholzes langsam Geräucherten und nahm eine kleine Probe vom Aalfleisch. Er wählte mit Bedacht ein Stück vom Schwanz, weil der im linden Buchenrauch nach unten gehangen und sich dort feinstes saftiges Aalfett angereichert hatte. Hermann kostete bedächtig und hatte alsbald sein Urteil gefällt: Dort auf der silbernen Platte vor ihm lag ein Aal aus der Ostsee! Das zarte Fleisch und das milde Aalfett unter der Haut ließen keinen Zweifel zu. Hier war kein Aal aus der Nordsee aufgetischt oder gar einer aus einer Fischfarm – nein, Lydia hatte eine jener Köstlichkeiten kredenzt, die aus Hermann einen glücklichen Menschen machen konnten.

Lydias Augen funkelten vor Vergnügen, als sie bemerkte, dass Hermann vom Aal begeistert war. Damit war auch klar, dass der Aal, den sie besorgt hatte, eine gute Wahl war; denn dieser Ostseeaal schmeckte nicht nach Modder, was der Fall sein konnte, wenn ein Aal zu Lebzeiten zu ausgiebig im Aas gehaust und gefressen hatte.

Lydia wusste, dass insbesondere Hermine zwar auch gern mal in einen Aal biss, dass sie sich aber mehr aus geräuchertem Schinken machte, den aus Holstein und hier aus der Probstei. Deshalb hatte Lydia vom Schinken, der in ihrer Speisekammer hing, einige mittelstarke Scheiben herausgeschnitten und auf einem großen Teller ausgebreitet. Auch der Schinken war mit Buchenholz geräuchert. Er war zart und hatte zugleich einen herzhaften Geschmack. Hermine aß ihn am liebsten so, wie er war, also ohne Brot.

Hermann hingegen bevorzugte den Schinken, wenn er in Würfel geschnitten war. Die recht großen vierkantigen Stücke legte er aufs knackige Weißbrot oder auch Schwarzbrot und biss herzhaft zu. Man kann sagen, dass an die großen Schinkenwürfel von Hermann weniger Luft kam als an die zarteren Schinkenscheiben, die Hermine ja bevorzugte. Ob ein Schinken viel Luft erhält oder weniger, beeinflusst den Geschmack des Schinkens. Wie auch immer. Der eine mochte es so, der andere anders. Lydia kannte die Vorlieben beider und hatte deshalb zwei Teller vorbereitet, einen mit Schinkenscheiben, einen mit Schinkenwürfeln. Dazu gab es schwarzen oder grünen Tee und anschließend einen Schluck Wein. Bier mochte Lydia nicht und hatte deshalb auch keinen besorgt, was Hermine bedauerte.

„Und was nun?" so eröffnete Hermann das Gespräch über das weitere Vorgehen bei der Suche nach Egbert.

Hermann tupfte dabei mit etwas Weißbrot die letzten Fetttropfen vom Aal von der Platte, der silbrigen, und lehnte sich zurück. „Nach einer oder mehreren Personen ist zu suchen, die vorzeitig das andalusische Hotel verlassen haben. Soweit waren wir schon mal. Der erste Versuch ist, man muss es so klar sagen, gescheitert. Nun ist die Frage, ob wir einfach einen zweiten Versuch starten sollten oder wie oder was."

Hermine zuckte mit den Schultern und biss in eine Schinkenscheibe, Lydia tat es ihr nach.

Sie überlegte laut: „Wir sollten unseren erfolglosen Versuch in Andalusien nicht wiederholen. Unsere Vorgehensweise war nicht gut überlegt. Eine Personengruppe irgendwie auswählen, durch halb Europa rasen und dann feststellen müssen, dass die Auswahl ein Fehlgriff war, ist nichts, was uns ermutigen kann, es noch einmal auf diese Art zu versuchen."

„Nur schade, dass sich Hermann dann nicht wieder an den entzückenden Grübchen weiden kann", versäumte Hermine nicht zu erwähnen.

„Ich gebe Dir recht", erwiderte Hermann, meinte aber Lydia. „Grundsätzlich gilt aber meiner Meinung nach immer noch, was uns damals die klugen Ordinarien sagten: Das andalusische Hotel und die vorzeitige Abreise von Leuten, die wir in Verdacht haben könnten, ist der richti-

168

ge Ausgangspunkt für die Suche. Nur die Auswahl einer einzigen Personengruppe war falsch. Wir hätten von den dreißig oder sechzig Personengruppen, die in der fraglichen Zeit vorzeitig abreisten, mehr als eine Gruppe auswählen müssen. Uns sprang damals nur der Rollstuhl ins Auge und andere Dinge bei anderen Leuten haben wir überhaupt nicht beachtet. Es war ja auch gar nicht so einfach; denn wir wussten ja nicht, worauf wir – abgesehen von der vorzeitigen Abreise – noch achten sollten. Wir sind auf einen Rollstuhl gestoßen und haben gedacht, dass uns dies zu Egbert führen wird. Und das war ein Fehlgriff."

„Und was bedeutet dies jetzt?" wollte Hermine wissen.

„Meine Meinung ist die folgende", sagte Hermann. „Wir müssen uns die dreißig bis sechzig Personengruppen einzeln genau ansehen. Hierfür genügt es nicht, einer jungen Dame mal rasch über die Schulter zu gucken, nein, wir müssen die Personenlisten vor uns liegen haben und müssen sie in Ruhe studieren und uns vielleicht sogar durch Dritte unterstützen lassen, die wir zwecks Recherche auf die Reise schicken. Wir benötigen also für alle Fälle die Unterlagen, die das Hotel uns nicht geben wird."

„Soll doch die Polizei dies besorgen", warf Hermine ein.

„Nein, Hermine, die Polizei wird uns nicht helfen, wenn wir unsere Geschichte erzählen", warf Lydia ein. „Die wird uns ganz sicher nicht unterstützen. Sie wird nicht nach Hotelgästen fanden, die ihren Urlaub in einem Hotel abgebrochen haben."

„Ich habe da eine Idee", sprach Hermine, nachdem sie die letzte Scheibe Schinken genossen hatte. „Wir suchen uns einen Hacker, der uns die Liste aus dem Computer des Hotels heraus holt. Wenn das ginge, wären wir ein gutes Stück weiter gekommen. Doch wir müssen so einen listigen Computermann erst einmal finden."

„Hermine", strahlte Hermann, „manchmal hast Du wirklich einen Gedanken, der weiter führt und auf den wir ohne Dich nicht gekommen wären."

„Da siehst Du mal, welch gescheite Frau Du hast. Auch wenn es ihr an Grübchen mangelt."

Da konnte Hermann nicht anders und drückte seine Hermine inniglich und versäumte auch nicht, auf ihre kitzlige Stelle oberhalb vom linken Hüftknochen zu drücken. Hermine quietschte vor Vergnügen und verlangte anschließend nach einem Glas Wein.

„Doch wie finden wir einen Hacker, der uns die Listen vom Hotelcomputer besorgt?" fragte Hermann anschließend. „Ich kenne keinen. Und was schlimmer ist, ich kenne auch keinen, der einen Hacker kennt. Ihr wisst ja, mit dem Computerzeugs habe ich nichts am Hut."

„Ich kenne auch keinen", nörgelte Lydia.

„Und ich auch nicht – noch nicht, wollen wir mal sagen", war Hermines Auskunft. „Wir müssen uns in unserem Bekanntenkreis tatsächlich mal um Leute bemühen, die einen Kontakt zu so einem Computermeister haben könnten. Ich denke da zum Beispiel an Inge, die ja in der Maske des Theaters tätig ist. Die Inge ist so ein schräger Vogel, die auch mit Leuten zusammen kommt, die den lieben langen Tag vor ihrem Rechner sitzen und auch schon mal für kleines Geld etwas reparieren oder neu einstellen. Lasst uns mal mit Inge sprechen."

„Mir liegt noch etwas am Herzen", bemerkte Lydia. „Meint Ihr, die Suche nach Egbert macht noch Sinn? Er ist nun ja schon mehr als ein Jahr verschollen. Wenn er noch lebt, wird er an seiner Freiheit gehindert. Aber lebt er noch? Wenn er noch am Leben ist, dann wohl nur, weil er irgendwann wieder in Freiheit kommen darf. Wenn er aber niemals wieder frei kommen darf, ist wahrscheinlich, dass man ihn nicht am Leben lässt. Dann ist er längst tot."

Bedrückendes Schweigen legte sich in den Raum. Hermann blickte starr durchs Fenster nach außen und Hermine benutzte ihr Schnupftuch. Endlich sprach sie: „Wir wissen in dieser Hinsicht nichts und sollten die Hoffnung nicht aufgeben und alles tun, was in unserem Vermögen steht. Erst wenn Jahre vergangen sind und Egbert weiterhin spurlos verschwunden sein sollte, können wir einen Schlussstrich ziehen. Doch jetzt wäre dies verfrüht."

„Außerdem haben wir ja noch einen Joker in der Tasche", versuchte Hermann die Stimmung zu heben. „Es gibt immer noch die Möglichkeit, dass Egbert eines Tages von allein zurück kommt. Es könnte ja sein, dass er nur solange festgehalten wird, bis die Zeit so weit fortgeschritten ist, dass die Kenntnis, die er von einer Sache hat, verjährt ist oder eine stumpfe Waffe geworden ist und insoweit für jemanden ungefährlich wird, der ihn jetzt noch mit Gewalt zurück hält. Wir phantasierten schon mal darüber. Und, was ich noch sagen wollte, inzwischen habe ich mir einen neuen Taschenspiegel besorgt. Auch mit dessen Hilfe werden wir um Erleuchtung kämpfen."

Da war ein Wirt in einem Gasthaus

Da war ein Wirt in einem Gasthaus, weit von hier, dem waren zwei große abstehende Ohren recht sonderbar aus dem Kopfe gewachsen. Zudem hatte er eine Nase, wie sie auch ein Habicht trägt. An ihrer Spitze hing gewöhnlich ein Tropfen; denn er lebte in einer Gegend, in der der Wind beständig blies, ruppig und kalt.

Der Kopf dieses Wirtes wirkte also nicht sehr einladend. Dennoch hatte er fast immer ein gut gefülltes Lokal, in dem die Gäste munter aßen und tranken. Es waren der Duft, der Wohlgeschmack und die appetitliche Darstellung des Essens, was den Kunden gefiel. Im Essen fand man keine zähen Fleischfäden, kein zerkochtes Gemüse oder alten Fisch mit Beigeschmack. Angeboten wurden kein Tütenkram oder aufgewärmte Sachen aus der Truhe. Was auf den Tisch kam, war frisch zubereitet. Reste wurden nicht eingefroren, sondern die sechs Schweine im Stall unweit des Gasthauses machten sich quiekend über die Köstlichkeiten her. Dem Wirt sei es gedankt. Auch waren der Trinkbecher oder das Weinglas stets gut gefüllt; sie wurden temperiert entboten, also nicht zu warm oder zu kalt aufgetragen. Auch waren die Teller vorgewärmt, wenn die Speisen warm serviert werden mussten.

Und doch stimmte mit diesem Wirt etwas nicht. Hermine, Lydia und Hermann waren bei ihm eingekehrt, hatten schon bestellt und schauten in die Runde. Alles schien wie immer zu sein, alles hatte seinen gewohnten Platz oder ging den gewohnten Gang: die Gäste, die Bedienung, der Hund und der Wirt mit den abstehenden Ohren. Und doch – besonders Hermine mit ihrem feinen Schnuppernäschen spürte dies – hier stimmte etwas nicht, stimmte etwas mit dem Wirt nicht.

„Der Wirt geht heute etwas krumm", raunte sie Hermann zu. „Wie wenn er seine Beine in der Frühe falsch herum eingehängt hätte."

„Nichts da", entgegnete Hermann. „Der Wirt hat Rücken. Das sieht man doch. Vielleicht hat er in der Frühe nach seiner Alten getreten, das Ziel verfehlt und dabei sein Bein verschleudert, sich also selbst verletzt, so dass aus dem geplanten Schuss auf ihren Allerwertesten ein Hexenschuss bei ihm wurde."

„Sprichst Du aus Erfahrung?" wollte Lydia wissen.

„Wie auch immer", maulte Hermine und schob das Salzfässchen auf dem Tisch hin und her und in die Quer. „Der Wirt ist anders als sonst."

„Ja, er hat den Tropfen von seiner Nase entfernt", kicherte Lydia. „Der hängt sonst gewöhnlich recht bedrohlich über den Tellern und Tassen."

„Nein, das meine ich nicht", erwiderte Hermine. „Er geht etwas schief und – was merkwürdig ist – er hat so einen unsteten Blick. Wie wenn er sich beobachtet fühlt. Oder wie wenn er etwas angestellt hat und nicht möchte, dass jeder hiervon erfährt. Oder was meinst Du, Hermann?"

„Es geht in diese Richtung", lächelte dieser. „Er sieht aus, wie wenn er etwas ausgefressen hat und hierüber nicht froh ist. An sich ist das ja ein gutes Zeichen. Vielleicht sollten wir ihm mal gut zureden und sagen, dass er sich nicht groß Gedanken machen sollte über seine Untaten. Hier auf dem Lande komme es nicht so drauf an."

„Du kannst auch gar nichts ernst nehmen", tadelte Hermine.

Dann wurde es eine Zeitlang still am Tisch der drei Ausflügler; jeder hing seinen Gedanken nach. Endlich meldete sich wieder Hermine zu Wort. „Ich hab es vielleicht", sprach sie etwas aufgeregt. „Der Wirt schaut mir zu oft nervös in Richtung seines Schuppens und Schweinestalls. Dort ist irgendetwas, was ihn beunruhigt. Gerade eben hielt er auch noch eine Hand ans Ohr, um etwas zu erhorchen, wie mir scheint. Hermann sollte mal hingehen und die Augen offen halten. Ich bin doch zu neugierig, was hier auf dem flachen Land einen gestandenen Mann wie den Wirt dieses schönen Gasthauses so aus der Ruhe bringen kann."

„Vielleicht ferkelt ja nur eine Sau", kicherte Lydia. „Und wegen einer Steißlage des neuen Erdentieres ist hier alles in besorgte Aufregung versetzt."

„Blödsinn", urteilte Hermann. „Der einzige, der in besorgter Aufregung ist, wie Du es nennst, ist der Wirt. Seine Frau ist wie immer und auch die Köksch macht keinen abweichenden Eindruck. Selbst der Hund ist brav und schläfrig."

„Hermann, nimm doch mal Deinen Foto", regte Hermine an, „und gehe in Richtung Schweinestall. Du wolltest einige ländliche Motive abfotografieren, kannst Du ja sagen, wenn Dich jemand anspricht. Und dann guckst Du mal, was es denn sein könnte, was unseren Wirt so auffällig beschäftigt."

Hermann erhob sich unsicher, trank noch rasch einen Schluck von der grünen Brause, die er heute ausnahmsweise geordert hatte, und schlenderte in Richtung Hintereingang. Dort zog er die Türe auf und wollte sich in Richtung Schweinestall entfernen. Doch sofort erschien der Wirt, der sich mühte, ein freundliches Gesicht zu machen. Er sprach beflissen: „Hinter mir auf der echten Seite können Sie sich die Hände waschen. Hier hinten sind nur Schuppen und Stallungen."

„Gerade das ist es, was ich mal fotografieren wollte", lachte Hermann. „Wir in der Stadt kennen sowas ja gar nicht. Bei uns denken viele Kinder zum Beispiel, dass der Hahn und die Hühner nur zum Kuscheln da sind. Hühnereier, die Stadtkinder natürlich auch kennen, werden nicht gelegt, sondern sie kommen aus dem Eierkarton."

„Dann bringen Sie die Gören mal vorbei – aber mit Gummistiefeln. Dann zeige ich denen mal, wie es sich anfühlt, wenn man durch Kuh- und Schweinescheiße watet."

„Komme gern darauf zurück", schmunzelte Hermann. „Doch für heute sollen es einige Fotos tun."

„Na, meinetwegen", maulte der Wirt und kratzte sich an einem seiner ausladenden Ohren. „Ich komme eben mal mit, damit Sie sich nicht verlaufen und sich nicht so dreckig machen. Hinterher duftet noch die ganze Gaststube nach Mist."

Allein gehen lassen wollte er mich nicht. Wie sonderbar, dachte Hermann. So spazierten Hermann und der Wirt zum Kuhstall, Schweinestall, zur Ziegentränke und dem Hühnerhaufen. Alles war im Grunde gepflegt, aber ländlich. Kein Schwein gebar ein Ferkel, das in Steißlage war, keine Kuh hatte Husten, kein Huhn machte einen kranken

Eindruck. Tatsächlich gab es nach Hermanns Eindruck wohl keinen Grund dafür, dass der Wirt wegen irgendeiner verqueren Sache hätte beunruhigt sein müssen.

Doch was war das? Hinter dem Schweinestall war ein kleines Verlies angezimmert, eine Art kleiner Holzschuppen mit einer schiefen Tür und ohne Fenster, aus dem Rauch entwich. Pfeifenrauch, wie Hermann sofort erkannte.

„Wohnt da jemand?" fragte er den Gastwirt, der sich bemüht hatte, mit Hermann gar nicht erst in die Nähe dieses Anbaus zu gelangen.

„Wohnen nicht", antwortete der Gastwirt. „Dort hält sich gerade Fiete auf, der zehnjährige Bengel von unserem Nachbarn, von dem wir den Käse beziehen. Fiete ist für heute von zu Hause ausgebüxt, weil er irgendwas ausgefressen hat. Nun versteckt er sich in seinem Geheimnis, wie er meinen Holzschuppen nennt, und bringt sich das Rauchen bei. Ist mir alles gar nicht recht; denn er zündelt ja und irgendwann steht hier alles in Flammen. Aber wegjagen kann ich ihn auch nicht, weil er mich sonst bei seinem Alten verpfeifen würde. Fiete hat nämlich mitbekommen, dass wir bei seinen Eltern mal haben einen Käse mitgehen lassen. Das ist schon Wochen her; und am liebsten würde ich diese kleine Klauerei rückgängig machen. Schon, um nichts mehr mit Fiete und dessen Pfeife am Hals zu haben."

Hermann war's zufrieden und hatte jedes Interesse an landwirtschaftlichen Schnappschüssen verloren.

„Und ich dachte schon", berichtete er etwas später seinen zwei Grazien, „dort würde in einem Holzschuppen unser Egbert hocken und eine Pfeife rauchen."

„Unsinn", kommentierte Lydia, „der ist doch Nichtraucher."

„Ja, unser Egbert", seufzte Hermine. „Wie einfach wäre es doch, wenn er tatsächlich irgendwo in einem Holzschuppen angebunden wäre und wir ihn nur rausholen müssten. Leider ist es nicht so. Doch es gibt eine ganz gute Nachricht. Über zwei Ecken kommen wir vielleicht an einen Hacker ran, den wir ja für die weitere Suche nach Egbert unbedingt brauchen. Morgen weiß ich mehr und werde umgehend berichten. Hattet Ihr auch von dem Schweinebraten bestellt?"

Eine neue Fährte

Mit Überredungskunst und charmantem Lächeln gelang ein wesentlicher Schritt nach vorn. Hermine hatte einen Hacker kennengelernt. Diesen konnte sie davon überzeugen, dass ein Knacken der bewussten Datei des Hotels eigentlich kein richtiges Verbrechen war; denn mit den Daten wurde ja kein Schindluder betrieben. Die Sache diente einem guten Zweck, nämlich dem Auffinden der Fährte eines vermissten Freundes. Was sollte hieran kriminell sein? Außerdem winkte Hermine mit einer Belohnung in bar, wenn der Hacker ihnen die Datei besorgen könnte.

Und tatsächlich erschien an einem Nachmittag ein Rotzlöffel bei Lydia und behauptete, er habe einen Auftrag von Hermine ausgeführt; sie möge ihn aber nicht verpfeifen. Das mache einen Fuffi.

Lydia war allein zu Hause und war unsicher, wie sie sich verhalten sollte. Musste sie nicht erst einmal die Daten in Augenschein nehmen? Wäre es nicht besser, sich hierfür mit Hermine und Hermann kurz zu schließen? Doch, was soll's, sie nahm vom Hacker die wenigen Blätter entgegen, bedankte sich artig und gab dem Halbwüchsigen den gewünschten Geldbetrag. Wenn dieser Knabe sie reingelegt haben sollte, so war der Verlust ja nicht sehr erheblich, dachte Lydia. Er brauche sich keine Sorgen zu machen, so sprach sie munter, sie sei verschwiegen wie ein Grab.

Hermine und Hermann bewegten ihre Kopfe in gleicher Weise von links nach rechts und wieder von rechts nach links, als sie bei Lydia eintrafen und sich die Daten anschauen sollten. Was Lydia ihnen präsentierte, sollte die gewünschte Personenliste sein, die ein ihnen unbekannter Rotzlöffel so einfach vom Computer des Hotels in Andalusien abgesaugt hatte?

Hermine nahm einen Sherry und überließ ihrem Hermann alles weitere. Dieser setzte sich querkant auf einen der weichen Ledersessel und vertiefte sich in die tabellarisch dargestellten Angaben über jene Personen, die während einer bestimmten Zeit im Hotel ihre Rechnung beglichen hatten.

„Mhm, aha", machte Hermann und studierte die Daten. Es waren wohl sechzig oder siebzig Gäste, die in der für die Drei interessanten Zeit die Hotelrechnung beglichen hatten. Hermann ordnete zunächst all jene Gäste in eine Gruppe, deren Aufenthaltsdauer nicht glatte sieben Tage oder vierzehn Tage oder mehrere Wochen betrugen. Es waren also Gäste, die zum Beispiel nur vier Tage im Hotel waren oder elf Tage und so fort.

'Krumme' Aufenthaltszeiten könnten ja ein Indiz dafür sein, dass diese Personen ihren Urlaub vorzeitig abgebrochen hatten; denn gewöhnlich werden ja 'glatte' Zeiten gebucht, eine Woche oder zwei oder drei Wochen – eher selten elf Tage oder dergleichen. Natürlich könnte auch sein, dass Gäste mit 'krummen' Tagen wegen der Fahrpläne der Fluggesellschaften keine 'glatten' Wochen im Hotel bleiben konnten. *Aber etwas Verlust ist immer*, dachte Hermann.

Auf diese Weise kam Hermann auf neun Personengruppen, die er fürs erste ausgewählt hatte. Interessanterweise war hierunter auch jene Familie, die sich einen Rollstuhl ausgeliehen hatte und die die Drei ja erfolglos in Rettin aufgesucht hatten. Also verblieben noch acht Personengruppen, mit denen man sich beschäftigen sollte.

„Hier, seht mal", so sprach Hermann zu Hermine und Lydia, „hier sind acht Gästegruppen, die vielleicht ungeplant und vorzeitig ihren Urlaub abgebrochen haben."

„Woher weißt Du denn das nun wieder?" fragte Hermine.

„Das sind Leute", so antwortete Hermann, „deren Aufenthaltsdauer keine glatte Woche oder ein Vielfaches hiervon betrug."

Hermine nippte an ihrem Sherry und machte ein verdrießliches Gesicht. Aber sagen wollte sie hiergegen auch nichts, weil sie keine bessere Idee hatte. „Falls sich unter den Gästen Chinesen, Samojeden oder sonstige Fremdlinge befinden, so kannst Du diese getrost löschen. Mit solchen Leuten hatte Egbert ganz gewiss nichts zu tun."

„Da haben wir kein Glück", erwiderte Hermann. „Nur eine Personengruppe fällt auf. Eine Gruppe besteht aus Russen. Aber können wir die so einfach weg tun? Sind nicht gerade das Leute, die manchmal Dreck am Stecken haben?"

„Irgendwie müssen wir auswählen", schaltete sich Lydia ein. „Was wir sehen, sind acht Personengruppen, die für uns wichtig sein können. Ich würde erst einmal die Gruppen aussortieren, die nur aus einer Person bestehen oder die sehr umfangreich sind, also zum Beispiel aus vier oder mehr Personen bestehen."

„Und warum das?" fragte Hermine.

„Nun, eine einzelne Person hat bei einer Entführung kaum zu überwindende Probleme allein zu meistern. Und zu viele Personen sind auch keine ideale Besetzung; weil ja jede einzelne Person über ein möglicherweise kriminelles Hintergrundwissen verfügen müsste. Und das scheint mir nicht sehr angemessen zu sein."

Hermann rutschte auf seinem Sessel unruhig hin und her und blickte erneut in seine Liste der acht Personengruppen. „Die Russen sind zu sechst, die machen wir raus. Und hier sind noch zwei Einzelreisende. Die streichen wir auch. Bleiben also noch fünf Personengruppen. Und unter den fünf sind zwei Gruppen, die ausschließlich aus weiblichen Personen bestehen. Das sind Tanten, die hier mal für wenig Geld gemeinsam Urlaub machen wollten. Die streichen wir ebenfalls; denn könnt Ihr Euch vorstellen, dass sich Egbert hat von derartigen Weibern entführen lassen?"

„Das kann ich mir vorstellen", lachte Hermine, „aber naheliegend wäre dies nicht."

„Schauen wir uns die drei noch verbliebenen Gruppen an", sprach Hermann. „Die erste Gruppe besteht aus drei Personen, einer Frau, einem Mann und einer kleinen Tochter. Das scheint eine normale Familie zu sein. Ob die was mit Egbert zu tun hat, wage ich zu bezweifeln. Die zweite Gruppe umfasst zwei männliche Personen, die einen gleichen Nachnamen haben und beide zwischen vierzig und fünfzig Jahre alt sind. Es dürften Brüder sein oder andere Verwandte. Die kommen also in Betracht. Die dritte Gruppe besteht aus drei männlichen Personen mit unterschiedlichen Nachnamen. Also vermutlich sind das Bekannte und keine Familienangehörige. Die kommen ebenfalls in Betracht. Für mich sind also die Gruppen zwei und drei Kandidaten. Was meint Ihr?"

Lydia antwortete: „Wir sind gezwungen auszuwählen. Die von Hermann hierfür verwendeten Kriterien halte ich für stichhaltig: 'krumme' Anzahlen von Aufenthaltstagen, Umfang der jeweiligen Personengruppe, Zusammensetzung der Gruppe."

„Nun brauchen wir nur noch Fotos von den ausgewählten Leuten", kicherte Hermine, „denn dann könnten wir noch die Galgenvögel von den Unbescholtenen trennen."

„Quatsch, Hermine", lachte Hermann. „Du siehst niemandem an der Nasenspitze an, ob er etwas auf dem Kerbholz hat. Lasst uns die zwei verbliebenen Gruppen noch einmal genauer ansehen. Die Gruppe mit den zwei Brüdern oder Anverwandten springen mir besonders ins Auge."

„Dann pass nur auf, dass Du sie dort auch wieder rauswischen kannst", witzelte Hermine.

„Die zwei Brüder, so nennen wir sie mal, waren nur fünf Tage Gäste im Hotel. Für eine derart kurze Ferienzeit lohnt sich eigentlich nicht die lange Anreise. Es sieht schon sehr danach aus, dass die zwei den Urlaub ursprünglich als längeren Aufenthalt geplant hatten und dann kurzfristig abgereist sind – mit Egbert irgendwie im Gepäck. Mit dem Flieger sind sie nicht gereist; denn die Transfers zwischen Flughafen und Hotel wären hier ver-

merkt. Sie sind vermutlich also mit dem Auto gereist. Jawohl, seht mal, hier sind auch die Parkgebühren für die
Garage vermerkt."

„Das sind also unsere ersten Kandidaten", fasste Lydia
zusammen. „Wir haben aber noch eine zweite Gruppe.
Was ist mit der?"

Hermann kratzte sich am Ohr und vertiefte sich erneut in
die vorliegende Liste. „Diese drei Leute waren elf Tage
im Hotel und hatten Transfers zum Flughafen. Insoweit
fallen sie etwas ab."

„Vieles spricht also dafür, dass wir uns als Erstes um die
zwei Brüder kümmern sollten", sprach Lydia.

„Die zwei Brüder haben als Heimatort ein Nest im
Grenzgebiet zwischen der holsteinischen Marsch und
Geest angegeben. Das liegt keine hundert Kilometer von
Hamburg entfernt. Da Egbert ja auch viele Jahre in oder
in der Nähe von Hamburg tätig war, passt das gut zusammen." Hermann war mit sich und seiner Recherche recht
zufrieden und bestellte einen trockenen Weißwein.

Meerumschlungen

Schleswig-Holstein kann aus drei recht unterschiedlichen Landschaften zusammengesetzt gesehen werden. Ganz links auf dem Festland, also an der Westseite vor der Nordsee, breiten sich flache Marschen aus, hügellose saftige Wiesen und Kohlfelder, die auf sehr fruchtbarem Land gedeihen und die Marschenbauern zu reichen Leuten haben werden lassen.

Noch weiter nach Westen, hinter den Deichen und vor dem eigentlichen Meer, liegt das Watt oder, wie es auch bezeichnet wird, das Wattenmeer. Hierbei handelt es sich um Sand- und Schlickfelder, die durch keinen Deich geschützt sind. Fast nichts wächst dort, nur Schlick und Sand breiten sich aus. Bei Flut ist das Watt sozusagen weg, es liegt im Wasser. Bei Ebbe zieht sich das Wasser zurück und das Watt ist trocken und begehbar. Es enthält jede Menge Krabbeltiere, Würmer und Muscheln. Geht man bei Ebbe barfuß durchs Watt, so quillt zwischen den Zehen der weiche graue Matsch nach oben und umschließt den Fuß, was sich anfühlt, wie wenn er durch ein weiches Tuch kuschelig eingehüllt wäre. Das Watt bzw. das Wattenmeer ist durchzogen von Prielen – das sind Wasserzu- und abläufe – , in denen das Wasser mal von der einen zur anderen und dann wieder von der anderen zur einen Seite läuft, je nachdem, ob es gerade Ebbe oder Flut wird.

Der wertvollste Boden jedoch, das weiß ein jeder, liegt am Rande bzw. jenseits des Wattenmeeres, das sind die Nordseeinseln. Einige von ihnen sind reine Sand- und Dünenhügel, überzogen mit fetten Wiesen. Auf den Warften, erhöhten künstlichen Erdhügeln, stehen die Ställe und Bauernhäuser und können vom Meer nicht so leicht vereinnahmt werden. Die größeren Inseln besitzen einen festen Kern, eine oft braunrot bröckelnde Erde. Auf diesen erdigen Fels stürzt sich die Nordsee begierig, wenn der Wind zum Orkan wird und das Meer am Land nach Nahrung sucht. Vor langer Zeit, vor über siebenhundert Jahren während der großen Tränke, hat das Meer sich nicht mit nur einem kleineren Imbiss begnügt, sondern es hat die reiche Stadt Rungholt sowie über dreißig Dörfer, ganze Landstriche und Kirchspiele, überflutet und verwüstet und viele Menschen ertränkt und in den Tod gerissen: Nordsee – Mordsee. Wo früher noch Land war, breiten sich heute das Meer und das Wattenmeer aus. Bisweilen wird dort unter den Friesen gewispert: „Mitünner in de holle Ebb, do süht man vun de Hüs de Köpp". Während des Höhepunktes der Ebbe sieht man also mitunter noch heute die Köpfe versunkener Häuser.

Geht man von West nach Ost, so werden die üppigen Marsch-wiesen- und felder in ihrer Fruchtbarkeit ärmlicher. Und sie sehen auch nicht mehr so fett aus, sondern sie werden sandiger und grauer. Und irgendwann ist Schluss mit der Fruchtbarkeit: der mittlere Teil von Schleswig-Holstein ist erreicht, die Geest. Hier handelt es sich um welliges, fast ebenes Land, das aus grauem Sand besteht, auf dem die Heide blüht. Das war früher. Inzwischen ist die Geest ebenfalls kultiviert, hat Äcker und Wiesen, auf denen sich die Leute plagen und doch nicht viel ernten. Deshalb gibt es viele, die meinen, hier sollte man am besten Fichten pflanzen oder den einen oder anderen Truppenübungsplatz anlegen. Die Geest in Schleswig-Holstein entspricht jener Region im Südwesten des heutigen Mecklenburg-Vorpommern, die dort Griese Gegend genannt wird, ist also eine ehemalige Heidelandschaft, in der heute Wiesen, Äcker und Fichtenwälder dominieren. Grau bis aschgrau ist in der Geest die Farbe des kargen, nährstoffarmen Sandbodens (Quarzsand). Es handelt sich, ähnlich wie die Griese Gegend, um ein eiszeitliches Sandergebiet.

Der östliche Teil von Schleswig-Holstein ist völlig anders als die Mitte oder der Westen. Dort bilden hügelige fette Lehmböden und zahlreiche Seen ein Land, wie es schöner kaum sein kann. Das Land ist dort, wo Äcker und Wiesen dominieren, durch Knicks gegliedert, durch mit Buschwerk bewachsene Erdwälle, die den Wind brechen und der Bodenerosion entgegen stehen. An vielen Feldwegen und Wegkreuzungen breiten mächtige, oft wohl Jahrhunderte alte Eichen ihre knorrigen Stämme und Äste aus. Auch Wälder gibt es, rauschende Buchenwälder, durchsetzt mit Eichen, Birken und Tannen. Und an vielen Stellen blinkt und glitzert es zwischen den Hügeln: zahlreiche und teils recht große Seen haben sich dort seit der letzten Eiszeit gehalten. Das nahezu liebliche Land erinnert an die Schweiz, so dass ein Abschnitt dieses Teils von Schleswig-Holstein auch holsteinische Schweiz genannt wird, nämlich die Gegend um Plön, Eutin und Malente.

Begrenzt wird der östliche Teil Schleswig-Holsteins durch die Ostsee. Sie reicht in langen Buchten oft weit ins Land hinein, ist ruhig und malerisch und hat nichts von der Gefährlichkeit etwa der Nordsee. Der Sand an den Stränden ist fein wie Raffinadezucker und verleitet im Sommer zum Bauen von Sandburgen – was heutzutage an den meisten Stränden verboten ist – in denen man sich windgeschützt sonnen lassen kann.

Nicht hierhin und auch nicht an die rauere Westküste zog es Lydia, Hermine und Hermann, sondern sie reisten an einen Flecken, der halb zur Geest und halb zur Marsch gehörte; denn dies war der Ort, an dem zwei namensgleiche Herren lebten und die gemäß der Recherche der Drei etwas mit dem Entschwinden von Egbert zu tun haben könnten.

Anders als in Rettin gab es am Rande der Geest kein Hotel, in das die Drei gehen und sich dort hätten halbwegs unsichtbar machen können. Es gab an dem Ort, in dem die Zielobjekte lebten, lediglich einen Gasthof mit wenigen Betten zum Übernachten. Einen Bäcker wie in Rettin, bei dem man Brötchen kaufen und sich mit den Brötchen in der Tüte als harmloser Urlauber hätte tarnen können, um unauffällig die Gegend zu erkunden, gab es auch nicht.

„Wir müssen uns eben verstellen", lachte Hermine und buchte die Zimmer für einen Aufenthalt von wenigen Tagen.

Schon am nächsten Tag spazierten sie zur Anschrift der zwei Brüder, wie sie unter sich die zwei namensgleichen Herren bezeichneten. Es war gar nicht so leicht, das entsprechende Haus zu finden. Die Drei hatten eine der üblichen Geest- oder Marschhütten erwartet, staunten aber nicht schlecht, als sie bemerkten, dass das Haus eher ein Gutshaus war und am Rande eines Gestüts stand. Anders gesagt: Es gab ein Gestüt mit Stallungen, Übungsplatz und dergleichen und dazu gehörte ein Verwaltungsgebäude, das einem Gutshaus glich. Einige Hunde kläfften, Pferde wurden gepflegt und bewegt und diverse Reiter sowie emsig tätige Arbeiter mit und ohne Schubkarren belebten das Anwesen.

Lydia, Hermine und Hermann guckten sich unsicher an und näherten sich dem Übungsplatz, auf dem ein Pferd im großen Kreis trabend von einer jungen weiblichen

Person geritten wurde. Ein Reitlehrer lehnte am Gatter, blinzelte mit seiner Sonnenbrille ins Helle und gab sparsam Hinweise und Korrekturen an seine Schülerin.

Hermine fand all dies spannend, stellte sich neben den Reitlehrer und sprach ihn an: „Wir großartig Ihre Schülerin das schon macht, nicht wahr?"

Der Reitlehrer nahm den gespielten Ball sofort auf und erwiderte: „Kein Wunder, bei den Eltern."

Ach. Hermine fragte nach und wurde belehrt, dass vor ihren Augen der Sprössling von zwei Olympiateilnehmern ritt und dass es im Blut dieser Jungen liege, ansehnlich zu reiten. Anschließend gab der Reitlehrer zu erkennen, dass sie, Hermine, das große Glück habe, sozusagen eine Medaillenschmiede der Reiterei bewundern zu können. „Und die zwei Eigner, die Gebrüder Iversen, verdienen daran soviel, dass sie ihre soziale Ader ausleben können."

„Wie soll ich das verstehen?"

„Nun", antwortete der Reitlehrer, „die zwei Brüder haben sich zum Ziel gesetzt, gefallenen Menschen wieder auf die Beine zu helfen, sozusagen zu resozialisieren. Beispielsweise sehen Sie mal jenen Mann dort drüben, der mit der Schubkarre, der blauen Weste und der Mistforke. Der hatte früher ein Problem mit Rauschgiften. Nun arbeitet er hier und wird behandelt, auch von einem Arzt, der hier fast täglich vorbei schaut. Es gibt bestimmt zehn oder zwölf Menschen, die hier ein neues Zuhause gefunden haben und hier soweit gesunden werden, dass sie nach und nach wieder ins normale Leben entlassen werden können. Die Arbeit mit Pferden, deren Pflege und die Betreuung der Stallungen sind hierfür ideal, so sagen die Iversens."

Hermine hatte fasziniert zugehört und war beeindruckt. Sie schaute noch einmal zum Mann, auf den sie der Reitlehrer aufmerksam gemacht hatte. Ihr fiel auf, dass dieser seinen Schubkarren relativ langsam bewegte und einen schlappen Eindruck machte. Der Reitlehrer bemerkte, dass Hermine zu diesem Arbeiter hinblickte und erläuterte: „Dieser Mann dort bekommt jeden Tag noch eine Spritze, die dafür sorgt, dass er ruhig bleibt, nicht aufbegehrt und auch nicht wegläuft. Der wird sehr behutsam ins normale Leben zurückgeführt."

Hermine stellte fest, dass dieser Mensch mit einem etwas blöden Gesichtsausdruck vor sich hin stierte und an und für sich sich nicht geeignet schien, dass man sich mit ihm befassen oder gar unterhalten könnte.

„Jeder zweite erhält hier noch täglich eine Spritze", fuhr der Reitlehrer fort. „Da ist der Typ dort drüben keine Ausnahme. Der Typ dort hinten links am ersten Stall, sehen Sie ihn? Den mit der gelben Batschkappe? Das ist Nadel-Uwe. Der bekommt nicht nur Spritzen, sondern der erhält auch noch was unters Essen gemischt. Wenn Sie mich fragen: der taumelt so vor sich hin und ist noch längst nicht so weit, dass man ihn wieder ans normale Leben gewöhnen könnte. Der lallt auch so manches Mal ein Lied, das hier niemand kennt. Die Iversens kümmern sich rührend ganz besonders um ihn, sagen aber auch, dass er noch seine Zeit braucht. Kürzlich hat er mal versucht, abzuhauen. Aber schnell haben die Iversens ihn wieder mit ihren Hunden eingefangen."

Hermine sah zu dem Arbeiter hinüber, den der Reitlehrer Nadel-Uwe genannt hatte. Dieser Arbeiter fegte Pferdeäpfel auf einen Haufen und lud sie anschließend mit einer großen Schaufel gemächlich in seine Schubkarre. Nach zweidrei Schaufeln machte er Pause und schaute in die Runde. Von weitem war er nicht sehr genau zu erkennen; doch schien es Hermine, wie wenn dieser Arbeiter geistig abwesend war. Er schien sich für seine Arbeit nicht zu interessieren und auch galt seine Aufmerksamkeit nicht seiner näheren Umgebung. Einen anderen Arbeiter, der an ihm vorbei ging und ihn grüßte, würdigte er keines Blickes. Und zwischendurch lüftete er seine Batschkappe, kratzte sich am Kopf, und setzte sie wieder auf, wobei er sorgsam seine am Wirbel nach oben abstehende Haarsträhne glättete.

Wo hatte Hermine dies schon mal gesehen? Bei Egbert! Steht dort drüben etwa der gesuchte Egbert?

Rasch wandte sie sich vom Reitlehrer ab, der seine Lehrstunde fortsetzte, und eilte aufgeregt zu Lydia und Hermann.

„Dort hinten links am ersten Stall schaufelt jemand Pferdeäpfel in eine Karre. Seht Ihr den? Der mit der gelben Schiebermütze, ja, den mein ich. Schaut mal ganz genau hin. Der erinnert doch an Egbert, oder?"

Lydia und Hermann guckten angestrengt und Hermann fragte: „Was soll mit dem sein? Der schaufelt Pferdescheiße und das nicht sehr flott. Das ist nicht Egbert. Egbert ist nicht so spindeldürr wie der dort drüben."

Nur Lydia blickte längere Zeit in die von Hermine vorgegebene Richtung, wurde zusehends unruhig und sagte: „Der hat eine ähnliche Statur wie Egbert, das stimmt. Doch Egbert ist nicht so dünn, das ist auch richtig. Aber ein Mensch ändert sich. Man müsste etwas näher herangehen, um in sein Gesicht schauen zu können. Geistig scheint dieser Mann dort drüben völlig abwesend zu sein. Der ist wohl mit Medikamenten vollgepumpt, worauf der Reitlehrer eben hinwies."

„Dürfen wir mal nach dort drüben gehen und einen Blick in die Stallungen werfen?" fragte Hermine nun den Reitlehrer. Der nickte zustimmend und fügte hinzu: „Die Iversens sind nicht da; die sehen sowas nicht gern. Aber meinetwegen können Sie mal gucken. Achten Sie bitte auf den Weg; der wird gerade gesäubert und ist noch an einigen Stellen etwas glitschig. Nicht dass sich dort jemand hinlegt."

Die Drei nickten dem Reitlehrer freundlich zu und schlenderten in Richtung der Stallungen, wo eben ja noch Nadel-Uwe tätig war. Doch der war inzwischen mit seiner Schubkarre verschwunden. Weit konnte er aber nicht weg sein, raunten sich Hermine, Lydia und Hermann zu; vermutlich war er nur um die Ecke gegangen hin zum Misthaufen, wo er seine Karre entleerte.

Und dann geschah etwas Unangenehmes. Hermine, Lydia und Hermann hatten die Stallungen erreicht und schauten um die Ecke, wo denn der Misthaufen sei. Doch kein Misthaufen war zu sehen und auch kein Arbeiter, der dort mit einer Schubkarre Mist ablud. Grüner Rasen breitete sich hinter den Stallungen aus, auch besetzt mit Buschrosen und Hagebuttensträuchern. Missmutig guckten sie kurz in die Stallungen. Sie sahen, dass dort an die dreißig Pferde standen und neugierig in Richtung der Drei guckten. Sonst war nichts Auffälliges zu sehen. Etwas ratlos schauten sich die Drei an.

„Wir können nun unmöglich auf eigene Faust die Gegend weiter erkunden und nach jemandem suchen, der Pferdemist durch die Gegend fährt", sagte Hermann. „Wir können froh sein, dass uns der Reitlehrer bis hierhin grünes Licht gegeben hat. Mit dem sollten wir es nicht verderben; gehen wir also zurück. Nur schade, dass wir die gute Gelegenheit nicht nutzen können, dass die Iversens nicht da sind. Wer weiß, wie bereitwillig die uns morgen oder übermorgen aufs Gelände lassen."

„Wir sollten aber noch einige Zeit der Reitstunde zuschauen", erwiderte Lydia. „Vielleicht taucht dieser Nadel-Uwe nach einigen Minuten ja wieder auf, um seine Reinigungsarbeiten fortzusetzen."

So schlenderten die Drei am Gatter entlang, hinter dem sich die junge Reiterin mit ihrem Pferd bewegte. Und dann geschah es: Drüben am linken Stall kam jemand mit einer Schubkarre um die Ecke, Nadel-Uwe. Auf dem Kopf trug er eine gelbe Schiebermütze, die ihm etwas zu groß war. Deshalb konnte man seine Augen kaum sehen – schon gar nicht aus der Ferne. Dieser Mann war spindeldürr. Die Arbeitshose, eine blaue Latzhose, und ein langärmeliges Hemd schlotterten am Körper dieses Mannes. Schuhe hatte er auch an, zu große mit Erdklumpen unter den Sohlen. Ungepflegt sah dieser Mensch aus. Vermutlich roch er sogar.

Doch all dies trat in ihrer Bedeutung zurück, wenn man beobachtete, wie er sich bewegte. Er schob beispielsweise seine Karre eigentlich nicht, sondern er fiel von hinten irgendwie ständig in die Karre hinein, ohne letztendlich in der Karre zu landen, weil er diese ja nach vorn verschoben hatte. Sein schlurfender Schritt sah gebrechlich aus, wie wenn dieser Mensch jeden Augenblick in sich zusammenfallen könnte. Sein Blick war zwar aus der Ferne nicht deutlich zu erkennen, auch wegen der großen Batschkappe über den Augen, doch schien er nicht zielstrebig in eine Richtung zu schauen, sondern sein Blick irrte ins Nirgendwo. Auch ging sein Blick über Lydia, Hermine und Hermann hinweg, ohne dass auch nur die Spur eines Wiedererkennens auszumachen wäre. Nein, dieser Mann konnte eigentlich nicht Egbert sein. Oder vielleicht doch?

Heimkehr

Hermann stieß seine Hermine in die Seite und raunte ihr zu: „Wenn das dort Egbert ist, dann fress ich einen Besen."

„Verschluck Dich aber nicht", antwortete Hermine. Auch zu Lydia gewandt, sprach sie: „Wir müssen berücksichtigen, dass Egbert, wenn er es tatsächlich ist, in all den Monaten hier mit Medikamenten vollgepumpt und kaputt gemacht worden ist. Dass er sehr schlank geworden ist, könnte hiervon eine Folge sein. Wir müssen uns vorstellen, dass Egbert nur in dem Maße am Leben erhalten worden ist, dass er nicht stirbt und ansonsten unauffällig bleibt. Er wurde gewissermaßen über Monate halb betäubt und nur soweit im Wachen gehalten, dass er sich selbst waschen und leichte Tätigkeiten ausüben konnte und ansonsten den Mund hielt."

„Und warum ist das so, wie Du sagst?" fragte Hermann.

„Das passt mit einer Idee zusammen, die wir schon vor Monaten überlegt hatten und auch von unseren zwei älteren Professoren gestützt bzw. von diesen erst entwickelt wurde", antwortete Hermine.

„Und was war das für eine Idee?" wollte Hermann wissen.

„Die ging so", hob Hermine an. „Egbert lief damals in unserem andalusischen Hotel den Iversens zufällig über den Weg, der Person bzw. Personengruppe X, wie unsere zwei Professoren diese benannten. Egbert erinnerte sich an bestimmte Verfehlungen der Iversens in der Vergangenheit und hatte den spontanen Einfall, sie mit seinen Kenntnissen unter Druck zu setzen und zu erpressen. Dies bezeichneten unsere zwei Professoren ein Geschäft, ohne dass sie hierüber näheres aussagen konnten. Die Iversens wollten sich nicht erpressen lassen und fassten gleichermaßen ungeplant und spontan den Entschluss, Egbert durch den Entzug seiner Freiheit unschädlich zu machen. Die Entführung musste dabei von so langer Dauer sein, wie ihre Verfehlungen noch nicht verjährt waren."

„Das leuchtet mir ein", bemerkte Hermann. „Wenn es keine Verjährung gäbe, wäre klar, dass Egbert vermutlich vollständig hätte beseitigt werden müssen. Nach einer Verjährung jedoch wäre Egbert nicht mehr in der Lage, jemanden zu erpressen, könnte freigelassen werden und könnte tatsächlich zu Hause plötzlich wieder vor der Tür stehen."

„Also eine Verfehlung oder was auch immer ist jetzt nicht verjährt; deshalb muss Egbert noch gefangen gehalten werden", sinnierte Hermine. „Aber solange warten wir nicht! Wenn das dort drüber unser Egbert ist, dann nehmen wir ihn einfach mit!"

„Wichtig ist jetzt erst einmal, dass wir feststellen, ob dieser Kerl dort drüber tatsächlich unser Egbert ist", warf Hermann ein.

„Ich habe dort drüben eben meinen Autoschlüssel verloren", sprach Hermann zum Reitlehrer gewandt. „Der muss direkt an dem einen Gatterpfosten liegen; denn dort habe ich mir die Nase geputzt und mit dem Taschentuch wohl auch den Schlüssel aus meiner Tasche gerissen. Ich gehe eben mal rüber, gelt?"

Der Reitlehrer nickte, befasste sich wieder mit seiner Schülerin und Hermann eilte in Richtung des merkwürdigen Arbeiters.

Dort schaute er sich den geistig abwesenden Arbeiter aus der Nähe genauer an. Tasächlich, es konnte Egbert sein. Hager war dieser Mensch, wesentlich abgezehrter und eingefallener als der Egbert, den Hermann kannte. Eine gewisse Ähnlichkeit war jedoch unverkennbar, am Mund und an den Augenbrauen. Letzte Sicherheit ergab sich, als Hermann einer spontanen Idee folgend dem Arbeiter die Batschkappe abnahm und beobachtete, dass am hinteren Wirbel eine blonde Haarsträhne sofort steil nach oben schnellte. Diese Feder war ja ein charakteristisches Merkmal von Egbert!

Zudem warf der Arbeiter Hermann einen Silberblick zu, der diesen zwar tief im Herzen traf, vom Arbeiter jedoch ohne jeden Gedanken abgesandt worden war. Neben dem scheelen Blick hatte er noch zusätzlich ein blödes Grinsen im Gesicht. Er erkannte auch etwas später weder Hermann noch Hermine und seine Lydia. Er stand wohl derart stark unter dem Einfluss von Medikamenten, dass er seine Umwelt anfangs nur schemenhaft wahr nahm.

Dessen ungeachtet führte Hermann das wankende Wrack unbemerkt hinter die Stallungen in Richtung der Landstraße, wo bereits Lydia und Hermine in ihrem Auto warteten. Kurzerhand wurde der Mann, der Egbert sein musste, in den Fond geschoben und ab ging es in Richtung Heimat. Sollten die Iversens doch machen, was sie wollten. Vorrang hatten die Freiheit und Gesundheit von Egbert.

Zu Hause transportierten sie Egbert zunächst in die Praxis eines Arztes, mit dem sie vertraut waren. Sie waren mit ihm nahezu befreundet und hatten sich in der Vergangenheit mit ihm wiederholt über Egberts Entschwinden ausgetauscht.

„Donnerwetter", sprach dieser Mediziner, „so sieht man sich wieder! Kein Gramm Fett haben wir mehr auf den Rippen, der Kopf ist ganz vernebelt und die Medizin, die bittere, hat den ganzen Körper umgekrempelt. Da müssen wir vorsichtig zu Werke gehen. Am besten weisen wir ihn in eine Entzugsanstalt ein; dort wissen die am besten, was zu tun ist, ohne dass er bleibende Schäden zurückbehält."

„Erkennt er uns schon?" wollte Lydia wissen.

„Auf keinen Fall", antwortete der Arzt. „Der ist noch weit weg und wir müssen aufpassen, dass er keinen Schock erleidet, wenn ihm keine seiner Spritzen mehr verabreicht werden. Ich werde ihm noch was geben, damit er weich landen kann. Und dann geht es sofort in die Entzugsanstalt. Vorher telefoniere ich noch mit denen."

So ward alles in einer Weise geregelt, dass Egbert gut versorgt war und dass niemand erfahren konnte, wo Egbert sich aufhielt.

Um von den Iversens nicht überrascht zu werden, dachte sich Hermann gemeinsam mit seiner Hermine und Lydia die folgende Vorgehensweise aus: Er wollte dort anrufen und unumwunden zu erkennen geben, dass er und eine kleine Gruppe von Freunden Egbert befreit hatten. Sie wollten keine Forderungen erheben und auch keine Nachforschungen durch die Polizei veranlassen. Ihr Ziel sei klar und einfach: Egbert solle wieder in Freiheit leben und die Kenntnisse, die zu seiner Gefangenschaft geführt hatten, nicht verwenden. Damit sei Egbert und auch den Iversens gedient. Der Haken an der Vereinbarung sei, dass sich die Iversens auf Hermanns Wort verlassen müssten. Doch dies sei doch wohl kein Problem; denn er, Hermann, habe keine Vorteil durch eine Bestrafung der Iversens. Sein alleiniges Interesse bestehe darin, dass sein Freund Egbert wieder genesen möge und in Frieden mit seiner Lydia und in seinem alten Freundeskreis leben könne.

Die Iversens erhielten von Hermann einen Anruf, in dem Hermann ihnen den mit Hermine und Lydia beratenen Vorschlag unterbreitete. Nach einigem Hin und Her stimmten die Iversens zu. Sie hatten rasch eingesehen, dass das von Hermann vorgeschlagene Abkommen für sie vorteilhaft war; denn sie mussten keine Befürchtung mehr haben, dass sie von Egbert erpresst werden könnten. Diesbezüglich hatten sie sich ja als hart und unerbittlich bewiesen, so dass Egbert dies vermutlich kein zweites Mal versuchen würde. Und sie durften davon ausgehen, dass Egbert die Iversens wegen des Freiheitsentzugs nicht belangen würde, denn die von Egbert geplante Erpressung war ja ebenfalls ein strafwürdiges Vergehen. Auf gut Neudeutsch eröffnete sich für die Beteiligten mithin eine Win-win-Situation.

Egbert wurde bemerkenswerterweise beim Aushandeln der Verhaltensweisen gar nicht gefragt. Er war in einer

Entzugsanstalt untergebracht und machte nach Aussagen der Klinikleitung in der Genesung Fortschritte. Besuche durfte er vorerst noch nicht erhalten; aber die Zeit war nicht mehr fern, dass dies möglich sein würde.